Der Sohn meiner Eltern

Meinen Eltern
Christel und Heinz Beger
gewidmet

Gernot Beger

Der Sohn meiner Eltern

Die Biografie eines halben Jahrhunderts

Bibliografische Information der Deutschen Nationalbibliothek: Die Deutsche Nationalbibliothek verzeichnet diese Publikation in der Deutschen Nationalbibliografie; detaillierte bibliografische Daten sind im Internet über http://dnb.dnb.de abrufbar.

Mein besonderer Dank für die Unterstützung bei der Erstellung dieses Buches gilt Angela Middeldorf und meiner Frau, Petra Beger.

Herstellung und Verlag: BoD – Books on Demand, Norderstedt

ISBN: 978-3-7386-0376-7

Inhaltsverzeichnis

Vorwort

Als ich mich mit dem Gedanken beschäftigte, dieses Buch zu schreiben, erfasste mich eine angenehme Unruhe, die den Vorbereitungen auf eine ausgefallene Urlaubsreise ähnelt. Und tatsächlich handelt es sich ja um eine Zeitreise in die eigene Vergangenheit. Die Kindheit wird wieder lebendig und vieles, was in den vergangenen Jahren verschüttet war, kann wieder freigelegt werden. Es ist ein Lernprozess, durch den man sich und die anderen besser verstehen lernt. Die entscheidenden Impulse für dieses Buch gab mir zum einen die Lektüre des Romans „Die Asche meiner Mutter" von Frank McCourt. In äußerst amüsanter Form beschreibt der irische Schriftsteller darin die Not in seiner Heimat und die geballten widrigen Lebensumstände seiner Familie in der ersten Hälfte des 20. Jahrhunderts. Mir ist klar, dass zumindest meine Kindheit im Nachkriegsdeutschland sehr viel unspektakulärer verlief. Ich denke, ich habe dafür aber andere interessante Schwerpunkte gefunden, die eine unterhaltsame Lektüre versprechen.

Ein anderer Grund, dieses Buch zu schreiben, war der Umstand, dass meine Mutter in der 2. Jahreshälfte 2012 an Alzheimer erkrankte und zum Jahreswechsel 2012/2013 einen Schlaganfall erlitt, der die Krankheit sprunghaft verstärkte. Sie war nicht mehr in der Lage, im Haus ihrer Eltern alleine zurecht zu kommen. Sie musste in ein Pflegeheim wechseln. Als ich in den Monaten danach ihren Haushalt auflöste, die über viele Jahre gesammelten Unterlagen, Dokumente und persönlichen Sachen sortierte, zog nicht nur mein Leben, sondern zum Teil auch das meiner Eltern in kurzer Zeit an meinem geistigen Auge vorbei. Ein weiterer Grund, das Geschehene und Erlebte festzuhalten.

Dieses Buch versteht sich nicht als eine Autobiografie in Form einer Dokumentation. Gleichwohl sind alle Namen und Ereignisse authentisch – man könnte auch sagen schonungslos authentisch, denn es wird sehr persönlich berichtet. Die an einigen Stellen gewählte wörtliche Rede ist sinngemäß so erfolgt oder hätte – verstehen Sie dies bitte als Zugeständnis an die schriftstellerische Freiheit – so erfolgen können.

Kapital 1: Zwischen zwei Weltkriegen

Mit etwas Pech hätte dieser Wintermorgen schlimm enden können. Der gerade 7 Jahre alte Erstklässler Karl Herbert Heinz Beger, normalerweise nur Heinz genannt, war mit vier Geschwistern auf dem morgendlichen Weg zur siebenstufigen Volksschule in Großraschütz. Es war einer der ersten bitterkalten Tage des Winters 1926/27 und es hatte frisch geschneit. Die Wegstrecke von dem bei Großenhain in Sachsen gelegenen Zschieschen Nr. 23b – der kleine Ort hatte mit seinen gerade mal 670 Einwohnern nicht mal Straßennamen – zur Schule war lang und eintönig. Nur einige Buchen reckten ihre kahlen schneebedeckten Äste in den dunklen Himmel. Die dahinterliegenden Felder bildeten eine weiße gleichmäßige, kaum wahrnehmbare Ebene. Ein am Wegrand liegender Teich, der der nahegelegenen in 1864 gegründeten Bergbrauerei im Winter als Eisstock diente, war daher eine willkommene Abwechslung. War das Eis schon fest genug, um es zu betreten? Wenn es hielt, dann zuerst bei ihm, Heinz Beger, dem achten und jüngsten Kind des Webstuhlfabrikarbeiters Carl Richard Beger und seiner Ehefrau Anna Hulda Beger. Obwohl Heinz ein schlankes Kind war und vorsichtig versuchte, quer über den Teich zu gehen, hielt das Eis nicht. Heinz sank nach einem trockenen Klirren bis zu den Schultern ein und schrie aus Leibeskräften. Das eiskalte Wasser schmerzte, als wenn tausend kleine Nadeln auf seine Haut einstachen. Er konnte zwar stehen, nicht aber zurück ans Ufer gelangen. Das Eis brach jedes Mal unter seinem Gewicht ein, wenn er versuchte herauszuklettern. *Fang den Schal*, rief ihm sein Bruder Fritz zu. Fritz, mit 13 Jahren der älteste seiner Brüder, hatte sich vorsichtig aufs Eis gelegt und Heinz seinen langen Schal zugeworfen. Nun konnte er den laut schreienden Heinz vorsichtig herausziehen. Als sie sahen, wie das eisige Wasser an seinen Beinen entlang lief und aus den Schuhen quoll, ahnten sie Schlimmes. Weniger wegen der gesundheitlichen Folgen als wegen des Ärgers, der sie erwartete. Was war jetzt zu tun? Heinz konnte unmöglich so zur Schule gehen, er würde sich eine Lungenentzündung holen. Also brachten Fritz und Walter ihren völlig durchnässten und vor Kälte und Angst zitternden jüngsten Bruder auf dem schnellsten Weg nach Hause. Heinz blieb ein gehöriges Donnerwetter und eine schallende Ohrfeige von Mutter Anna nicht erspart. Und – einmal in Fahrt – bekamen seine beiden Brüder auch ihr Fett ab. Schließlich waren sie für Klein-Heinz verantwortlich gewesen. Aber, und damit hatte die Sache für Heinz einen kleinen Vorteil, die Schule war an diesem Tag gelaufen – und zwar ohne ihn. Und er durfte den ganzen Vormittag im warmen Bett verbringen.

Zur gleichen Zeit gab es 700 km weiter westwärts im klimatisch milderen Rheinland ein Ereignis von großer Tragweite, jedenfalls für den kleinen Heinz – und auch für mich, den Erzähler! Die künftige Ehefrau von Heinz, Christel Königs, meine Mutter, wurde am 1.11.1926 in Wevelinghoven auf der Poststraße 39 geboren. Christels Eltern Franz und Maria Königs stammten beide aus dem kleinen benachbarten Ort Hülchrath und kannten sich seit ihrer Kindheit. Im Gegensatz zu meinem Vater war Christel ein Einzelkind, also Mitglied einer aus heutiger Sicht modernen Kleinfamilie. Damit sind die Akteure ins Leben gerufen, die mich zu gegebener Zeit hier auftreten lassen. Aber das dauert noch etwas. Zurück zu Klein-Heinz, dem Nesthäkchen der Familie Beger, und den Verhältnissen in Sachsen in den zwanziger Jahren des vergangenen Jahrhunderts.

Die Großfamilie Beger war arm. Heinz trug zum Beispiel bei seinem unfreiwilligen winterlichen Badeausflug wie die meisten anderen Kinder seines Alters nur kurze Hosen. Auch die anderen Dorfbewohner mussten den Pfennig mehrmals umdrehen, bevor sie ihn ausgaben. Dabei war die schlimmste wirtschaftliche Nachwirkung des 1. Weltkriegs, die Hyperinflation, gebannt. Auf deren Höhepunkt im November 1923 kostete in Berlin ein Hühnerei stolze 230 Milliarden Reichsmark. Eine Straßenbahnfahrt war da für 50 Milliarden Reichsmark vergleichsweise billig. Die Preise wechselten nahezu stündlich, Briefmarken wurden ohne Aufdruck hergestellt, und die Beamten schrieben den gerade gültigen Stand per Hand ein. Der Tageslohn eines gelernten Arbeiters in Berlin betrug 3 Billionen Reichsmark. Nach Einführung der Rentenmark und der neuen Reichsmark in 1924 hatten sich die Verhältnisse wieder stabilisiert. Man musste das Geld, dass man eben erst verdient hatte, nicht gleich wieder ausgeben, um einen Wertverlust zu vermeiden. Sogar das Sparen machte wieder Sinn. Die Kaufkraft war jedoch weiterhin gering.

Die auf dem Land lebenden Begers hatten die Möglichkeit, Lebensmittel günstiger zu bekommen als die Städter. Heinz nutzte mit seinem ältesten Bruder Fritz und seiner Schwester Hilde zusammen mit den anderen Dorfbewohnern die weitläufigen Kartoffelfelder eines naheliegenden Rittergutes zur Nahrungsergänzung. Man nannte dies die tolerierte Nachbeharkung. Die bereits abgeernteten Felder wurden nochmals sorgfältig durchgearbeitet. Mit gutem Erfolg. Manchmal sammelten die Begers an einem Nachmittag einen Zentner Kartoffeln. Im Frühjahr, Sommer und Herbst suchte das Rittergut Kinder für die Feldarbeit. Da war Heinz froh, beim Rübenziehen, bei der Getreide- oder Kartoffelernte einige Reichsmark verdienen zu können. Für den Nachmittag gab es 75 Pfennige und in den Schulferien kam der kleine Schwerarbeiter auf 1,50 Reichsmark für den ganzen Tag. Das machte den Kindern Spaß, auch wenn der Rücken schon mal weh tat. Wenn es aber freitags das Geld für die ganze Woche gab, war Heinz richtig stolz. Er fühlte sich dann wie ein Erwachsener, wie ein Arbeitsmann, der die lästige Schule hinter sich gelassen hatte. Besonders erfreulich für ihn war, dass er seinen Verdienst immer für sich behalten durfte. Aber es wurde nicht nur gearbeitet. Im nahegelegenen Mülbitzbach entwickelte Heinz ein spezielles Hunde-Paddeln. Es hatte mit Schwimmen nur insoweit zu tun, als man sich damit über Wasser hielt. Fahrradfahren lernte er auf einem klapprigen Damenrad. Mit 11 Jahren kaufte er sich dann mit dem auf dem Rittergut verdienten Geld das erste eigene. Es war zwar nur gebraucht, aber er war stolz wie ein Schneekönig.

Heinz erlebte innerhalb der kleinen Verhältnisse seines Elternhauses durchaus geordnete und angenehme Kindheitstage. Sein Vater Carl erfreute sich einer festen Arbeit in der benachbarten Kreisstadt Großenhain und Mutter Anna hatte alle Hände voll zu tun, Ehemann und 8 Kinder zu versorgen. Beide Eltern hatten die Umgebung um den kleinen Ort Zschieschen, der 1961 in Großenhain eingemeindet wurde, nur wenige Male verlassen. Das Leben plätscherte hier gemächlich dahin. Bis zur sächsischen Metropole Dresden waren es immerhin mehr als dreißig und bis zur Reichshauptstadt Berlin sogar über hundertvierzig Kilometer. Vater Carl war nur wenige Male in seinem Leben in Berlin gewesen. Er hatte die politischen Veränderungen dort nach den Wirren des verlorenen Krieges mit hoffnungsvollem Interesse verfolgt. Sein Herz schlug für die Sozialdemokratie. Beherrscht wurde das öffentliche Leben jedoch von Linksradikalen. In 1919, dem Geburtsjahr von Heinz, rief die im gleichen Jahr gegründete Kommunistische Partei Deutschlands zum Aufstand, zur Revolution auf. Allerdings wurde der Aufruf zum bewaffneten Kampf gegen die von Friedrich Ebert und Philipp Scheidemann geführte Reichsregierung von den Berliner Arbeitern nur mäßig befolgt und der Aufstand konnte niedergeworfen werden. Die Führer der Revolution, Karl Liebknecht und Rosa Luxemburg, tauchten unter. Wegen der Radikalisierung der Arbeiterschaft wurde zu den Reichstagswahlen 1919 ein deutlicher Linksruck erwartet. Diese Reichstagswahl war auch aus anderen Gründen etwas Besonderes. Zum ersten Mal in der deutschen Geschichte nahmen Frauen an ihr teil und zum ersten Mal wurde nach dem Verhältniswahlrecht gewählt. Danach erhielt jede Partei nach der Prozentzahl der erreichten Stimmen Sitze in der Nationalversammlung. Die Ergebnisse der Reichstagswahl waren sensationell. Der erwartete deutliche Linksruck blieb aus. Die Deutschen, so könnte man witzeln, eigneten sich nicht für Revolutionen, nicht auf der Straße und auch nicht per Stimmzettel. Weder die SPD erhielt bei den Reichstagswahlen 1919 die absolute Mehrheit, noch übersprangen SPD und die radikale Unabhängige Sozialdemokratische Partei Deutschlands (USPD) gemeinsam die 50-Prozent-Marke. Vielleicht hatten die Frauen mit ihren Stimmen hierzu maßgeblich beigetragen. Nur in Sachsen, dem Land, in dem die Begers lebten, erreichten SPD und USPD bei der Wahl zur Sächsischen Volkskammer in 1919 mit 57,9 Prozent zusammen die absolute Mehrheit.

Das Deutsche Reich zu Beginn der zwanziger Jahre zeigte sich nicht nur in der Politik chaotisch und extrem. Auch Kunst und Kultur erlebten nach den harten Jahren des I. Weltkriegs eine ungeahnte Entwicklung. Heinz' Eltern behagte dies – sofern sie davon im kulturverlassenen Zschieschen überhaupt etwas mitbekamen – nicht immer. Befreit von der einschränkenden und spröden Moral des preußischen Militarismus schossen im ganzen Land neue Lichtspielhäuser und in den großen Städten Revuetheater aus dem Boden, entstanden neue Galerien, Zeitungen und Bücher. Oftmals mit amourösen, verrückten oder schockierenden Inhalten.

Die Soldaten des I. Weltkrieges waren durch ihre Militärzeit aus dem geordneten und oftmals behüteten zivilen Leben herausgerissen worden und erlebten während des Krieges eine neue Welt voller Schrecken und Gräuel, die sie oftmals zu körperlichen und physischen Krüppeln machte. Moralische Grundsätze gingen verloren und viele wollten nach Ende des verlorenen Krieges hauptsächlich genießen, was das Leben noch zu bieten hatte. Sogenannte Aufklärungsfilme, wie „Moral und Sinnlichkeit", „Hyänen der Lust" oder „Venus im Pelz" fanden begeisterten Zulauf. Erst mit dem im April 1920 verabschiedeten neuen Reichslichtspielgesetz wurde wieder eine

Zensur eingeführt, die jedoch weitaus toleranter war, als die entsprechende Regelung vor dem I. Weltkrieg. So konnte am 23.12.1920 im Kleinen Schauspielhaus Berlin Arthur Schnitzlers „Der Reigen" uraufgeführt werden. Das Stück bestand aus einer Szenenreihe, die das amouröse Leben als Querschnitt durch die verschiedenen sozialen Milieus mit ständigem Partnertausch darstellte. Es wurde schon 1900 geschrieben, konnte aber damals noch nicht aufgeführt werden, weil es heftige Proteste gegen dessen „Unsittlichkeit" gegeben hatte. Das Reichslichtspielgesetz war letztlich so liberal, dass es bereits Mitte der zwanziger Jahre FKK-Filme wie „Wege zu Kraft und Schönheit" unter der Regie von Wilhelm Prager ermöglichte. Es wurde Nacktheit total gezeigt, wenngleich sich diese im Kleid von ästhetischer Gymnastik, Athletik und Tanz an die Körperkultur der Antike anlehnte. Diese Filme waren zwar Kassenschlager, wurden aber in Zschieschen, dem Wohnort der Begers, nie gezeigt.

Der tolerante Geist der Weimarer Republik sprengte viele althergebrachte Fesseln. Der Grundstein für die sogenannten Goldenen Zwanziger, also vornehmlich die Zeit zwischen den beiden Weltkriegen, wurde gelegt. In der Berliner Galerie Otto Burchardt eröffnete 1920 die Erste Internationale Dada-Messe. Sie wurde in der Hauptsache von Raoul Hausmann, George Grosz und John Heartfield organisiert, Mitgliedern des 1918 gegründeten Berliner Dada-Clubs. Die Ausstellung verstand sich als totale Absage an die bisherige bürgerliche Malerei. Fotocollagen, Klebebilder, Witzbilder und ausgestopfte Puppen schockierten die Besucher. Im gleichen Jahr gründete der Düsseldorfer Galerist Alfred Flechtheim die Zeitschrift „Querschnitt", ein Kulturmagazin mit einer weltoffenen, anspruchsvollen bis snobistischen Haltung als Ausdruck des Lebensgefühls einer neuen geistigen Elite.

Auch technische Neuerungen beflügelten das Kulturleben. Als am 24.9.1923 in Berlin erstmals öffentlich ein Tonfilm aufgeführt wurde, lief dieser wochenlang vor ausverkauftem Haus und die Karteninteressenten standen sich in langen Schlangen die Beine in den Bauch. Dabei hatte der Streifen unter dem Titel „Das Leben auf dem Dorfe" einen überaus beschaulichen Inhalt. Der Tonfilm ist übrigens nach einem Verfahren entstanden, dass die deutschen Ingenieure Hans Vogt, Joseph Engl und Joseph Masolle entwickelt haben. Da die deutsche Industrie das Potential dieser Innovation nicht erkannte, wurde die Entwicklung an amerikanische Investoren verkauft. Die deutsche Unterhaltungswelt in dieser Zeit wurde von Jazz und vom Shimmy, einem neuen Tanz, in Atem gehalten. Beim Shimmy werden nicht nur die Beine, sondern der ganze Körper nach Jazzmusik in wirbelnde und schüttelnde Bewegungen gebracht. Die „Berliner Illustrierte" beschrieb diesen Rhythmus am 27.2.1927 nicht als Tanz, sondern als Fieberdelirium.

Die Berliner Mode erlaubte viel Bein. Die Röcke wurden immer kürzer. Im Mai 1927 zeigte das Titelfoto der Illustrierten „Die Dame" sogar ein kniefreies Modell. Eine Provokation. Dabei konzentrierte sich diese Zeitschrift des Ullstein-Verlags nicht etwa auf reißerische Fotos, die nur innerhalb eines rotlichtähnlichen Milieus unter dem Ladentisch verkauft wurden. Bei der 1912 gegründeten „Die Dame" handelte es sich um eine journalistisch erstklassig gemachte Zeitschrift, die Mitte der zwanziger Jahre als bestes Journal seiner Art auf dem Weltmarkt galt. Zur Liste der renommierten Autoren gehörten u.a. Arthur Schnitzler, Bert Brecht, Kurt Tucholsky, Stefan Zweig und Carl Zuckmayer. Die deutsche Presselandschaft spiegelte die vielseitigen und radikalen Strömungen in Politik und Kultur wider. Existierten 1918 etwa 1.850 Tageszeitungen im Deutschen Reich, so verdoppelte sich diese Anzahl innerhalb von wenigen Jahren. Allein in Groß-Berlin gab es 1922 rund 100 Zeitungen mit jeweils mehreren Ausgaben - pro Tag!

In Zschieschen wurden nicht mehr Zeitungen angeboten als man Finger an einer Hand hat. Das störte das Familienoberhaupt Carl Beger recht wenig. Er las ab und zu das Radebeuler Tageblatt, eine unabhängige bereits 1871 gegründete, täglich erscheinende Zeitung und selten einmal den „Vorwärts", die Parteizeitung der Sozialdemokraten. Ihm fehlte es an Zeit und auch an Interesse. Sein Arbeitstag war einfach zu lang. Die Reichsregierung hatte bereits 1923 beschlossen, zur Behebung der Notlage in der deutschen Wirtschaft die Arbeitszeiten von Arbeitern auf 59 Stunden pro Woche heraufzusetzen. Schwerarbeiter und Beamte – beide Berufsgruppen wurden in dem Gesetz tatsächlich gleichgesetzt – mussten nur 54 Stunden arbeiten. Einschließlich der Wegzeiten kam Carl Beger somit auf eine tägliche Arbeitszeit von fast 12 Stunden. Andererseits hatte der gleiche Reichstag 1927 einen Beschluss gefasst, der die ausdrückliche Zustimmung von Vater Carl fand: das Gesetz für Arbeitslosenversicherung und Arbeitsvermittlung. Für Carl Beger war das Gesetz ein ganz wichtiger Beitrag zur Stabilisierung der sozialen Verhältnisse. Deutschland wurde damit eines der ersten Länder der Welt, das Hilfe für Erwerbslose nicht länger als karitative Fürsorge, sondern als Verpflichtung für die gesamte Gesellschaft verstand. Auch der Umstand, dass dieses Gesetz nicht von den Sozialdemokraten ausgearbeitet wurde, sondern vom langjährigen Arbeitsminister Dr. Heinrich Brauns, der dem Zentrum angehörte, machte für Carl Beger keinen Unterschied. Nach dem neuen Gesetz fiel die Bedürftigkeitsprüfung für diese Leistung weg. Jeder, der unfreiwillig arbeitslos wurde, hatte einen Rechtsanspruch auf Unterstützung durch den Staat. Die Höhe dieser Unterstützung war abhängig vom Verdienst der letzten 13 Wochen vor Beginn der Arbeitslosigkeit. Sie reichte von Wochensätzen von 6,00 bis 22,05 Reichsmark. Gezahlt wurde die Unterstützung über maximal 26 Wochen. Der Versicherungspflicht unterlagen in Deutschland etwa 16,5 Millionen Arbeitnehmer, die 3 Prozent ihres Grundlohnes in die Versicherung einzahlten. Der Arbeitgeber zahlte dann noch mal den gleichen Betrag hinzu. Mit diesem

Geld konnte man keine großen Sprünge machen, aber man konnte sich – insbesondere wenn man 8 Kinder hatte wie Carl Beger – etwas abgesichert fühlen. Die beste Absicherung gegen finanzielle Not war jedoch ein sicherer Arbeitsplatz. Und den hatte Carl, zumindest im Augenblick. Er arbeitete bei der Großenhainer Webstuhl- und Maschinenfabrik AG in Großenhain, die noch zusätzliche Arbeiter einstellte. Die Textilindustrie, ja sogar die gesamte Wirtschaft florierte. Deutschland gewann nach dem verlorenen I. Weltkrieg wieder an Selbstvertrauen und Selbstbewusstsein.

In Düsseldorf, nicht weit entfernt von Wevelinghoven, dem Wohnsitz der bereits erwähnen rheinischen Kleinfamilie Königs, entstand im Geburtsjahr von Christel das größte deutsche Montanunternehmen, die Vereinigte Stahlwerke AG. Dieses Unternehmen entwickelte sich aus dem Zusammenschluss von sieben Unternehmen der Hütten- und Bergwerksindustrie, darunter die Stinnes-, Thyssen- und Phoenixgruppe und vereinte ein Viertel der deutschen Steinkohle- und ein Fünftel der Eisen- und Stahlerzeugung in Deutschland. Der Montanbereich war zu dieser Zeit wohl die wichtigste Branche für die wirtschaftliche Erholung Deutschlands. Diese positive Entwicklung setzt sich in 1927 verstärkt fort. Die Industrieproduktion hatte eine bisher nicht gemessene Höhe erreicht und die Arbeitslosenzahlen erfreuten sich gleichzeitig mit nur 355.000 Hauptunterstützungsempfängern des niedrigsten Standes seit Einführung der Arbeitslosenversicherung. Kein Wunder also, dass die Deutschen im Rheinland, in Sachsen und im gesamten Reich mehr Geld für Konsum und Unterhaltung ausgaben. Alleine die 3.000 deutschen Kinos hatten zwei Millionen Besucher täglich. Das Rheinland hatte zudem noch einen besonderen Grund zu feiern. Am 1.2.1926 zogen die letzten englischen und belgischen Besatzungstruppen ab. Die Euphorie war so groß, dass der Kölner Oberbürgermeister Konrad Adenauer den Kölner Kindern einen schulfreien Tag gewährte.

Christels Vater, Franz Königs, ein einfacher Arbeiter, der in kleinen Verhältnissen lebte, hatte an diesen günstigen wirtschaftlichen Rahmenbedingungen seinen Anteil. Sein Arbeitgeber war die 1908 gegründete International Harvester Company in Neuss, ein amerikanischer Hersteller für Landmaschinen, dem die Motorisierung in der Landwirtschaft gute Gewinne ermöglichte. Franz Königs verbrachte sein gesamtes Arbeitsleben bei dieser Firma. Als junger Mann fing er dort an, um die Firma erst wieder mit dem Renteneintritt zu verlassen. Jedenfalls hatte er einen relativ sicheren Arbeitsplatz, was der Drei-Personen-Familie einen bescheidenen Wohlstand ermöglichte. Insofern waren die Königs im Rheinland mit den Begers in Sachsen zu vergleichen.

Auch die Kommunen hatten wieder Geld in den Kassen und scheuten sich nicht, viel Geld in teure Prestigeprojekte zu stecken. Berlin ließ sich den Umbau des Opernhauses 14 Millionen Reichsmark kosten. Die städtische Kölner Messe richtete im Mai 1928 eine luxuriöse Presseausstellung, die Pressa, eine Mammutschau der Superlative, aus. An ihr beteiligten sich fast alle europäischen Staaten sowie Lateinamerika, China und Japan. Sie spannte einen Bogen von der kulturhistorischen Seite des Pressewesens bis hin zu den seinerzeit modernsten Herstellungstechniken. Die ehrgeizige Schau war schon monatelang zuvor Anlass für stolze Vorberichte. Die Stadt hatte für diese Messe einen riesigen Gebäudekomplex mit Sitzungssälen von bis zu 1.200 Plätzen gebaut. Ein 85 Meter hoher Turm war als Wahrzeichen entstanden. Die Schau galt als das Luxuriöseste, was bisher auf diesem Sektor präsentiert wurde.

Dabei hatte das Deutsche Reich die riesige Summe von 132 Milliarden Reichsmark an Reparationen zu zahlen. Dieser Betrag wurde dem Deutschen Reich am 16.8.1924 von den Siegermächten sozusagen als Schadenersatz für den verlorenen I. Weltkrieg auferlegt. In 1924 war eine Milliarde Reichsmark aufzubringen. In jährlich steigenden Raten sollte sich dann ab 1928 der Betrag auf 2,5 Milliarden Reichsmark pro Jahr belaufen. Die komplizierten Zahlungsmodalitäten wurden von dem amerikanischen Bankier und Politiker Charles Dawes ausgearbeitet. Deshalb nannte man diesen Vertrag Dawesplan. Die jährlichen Zahlungen waren allerdings deutlich zu hoch und konnten von der deutschen Wirtschaft nicht aufgebracht werden. Daher drängte das Deutsche Reich 1929 mit großem Nachdruck auf eine Revision der Reparationsmodalitäten.

Die Reichsregierung hatte jedoch enorme Schwierigkeiten, die Staaten, mit denen über eine Streckung der Reparationen verhandelt wurde, von der Notwendigkeit einer Revision zu überzeugen. Außenminister Gustav Stresemann artikulierte dieses Problem vor dem Hintergrund der kostenträchtigen Selbstdarstellung vieler Kommunen in einem Schreiben vom 24.11.1927 an den Duisburger Oberbürgermeister Karl Jarres mit den Worten: *Haben Sie bitte die Güte, mir zu sagen, was ich den Vertretern fremder Mächte antworten soll, wenn sie mir sagen, dass alle diese Dinge den Eindruck machen, als wenn Deutschland den Krieg nicht verloren, sondern gewonnen hätte. Ich bin gegenüber diesen Vorwürfen mit meinem Latein am Ende.*

Letztlich gelang es, einen neuen, für das Deutsche Reich günstigeren Reparationsplan auszuhandeln. Er wurde wiederum sehr wesentlich von einem amerikanischen Bankier, diesmal war es Owen D. Young, geprägt, so dass man die neue Vereinbarung Youngplan nannte. In Zahlen lautete das Ergebnis nunmehr so: Deutschland musste insgesamt 116 Milliarden Reichsmark Reparationen innerhalb von 59 Jahren, demnach also bis 1988, zahlen. Die jährlichen Verpflichtungen sollten zunächst nur 742 Millionen Reichsmark betragen, um dem Reich eine Atempause zu verschaffen. Dieser Plan verschaffte Deutschland mehr finanziellen Spielraum, außerdem entfielen sämtliche Kontrollen der deutschen Wirtschaft. Die alliierte

Reparationskommission stellten ihre Tätigkeit ein. Die von Deutschland zu leistenden Zahlungen gingen an die neu zu gründende Bank für Internationalen Zahlungsausgleich, die die Gelder weiterverteilte. Sofort nach Bekanntwerden von Einzelheiten des Youngplanes wurden wütende Proteste und strikte Ablehnungen der extrem rechten und linken Parteien laut. Das Kabinett stimmte dem Plan zwar am 21.6.1929 zu, aber bereits 1932 sollte das ganze Vertragswerk infolge der Weltwirtschaftskrise Makulatur werden.

Im Bereich der Technik knüpfte Deutschland wieder an die Weltspitze an. Am 15.8.1928 liefen in Hamburg und Bremen zwei Ozeanriesen, „Europa" und „Bremen", vom Stapel. Die beiden für den Norddeutschen Lloyd gebauten Schnelldampfer waren Symbol für den Wiederaufstieg der deutschen Flotte. In Hamburg nahmen der amerikanische Botschafter und andere Prominenz an dem Stapellauf teil, in Bremen hielt Reichspräsident Paul von Hindenburg die Taufrede. Die beiden Ozeandampfer hatten je 46.000 Bruttoregistertonnen und waren damit 50 Prozent größer als die bisher größten deutschen Schiffe. Die Bremen sollte ein Jahr später, im Juli 1929, das „Blaue Band" für die schnellste Ozeanüberquerung erringen. Sie brauchte nur 4 Tage, zwölf Stunden und 17 Minuten für die Strecke Cherbourg – New York. Den bisherigen Rekord hatte sie damit um acht Stunden unterboten. Die Trophäe wurde in Deutschland als eine Art Nationalsieg gefeiert. Sie sei, so wurde betont, ein Symbol für Deutschlands unaufhaltsamen wirtschaftlichen Wiederaufstieg. Eher kurios dürfte dagegen am 1. Mai 1928 die Ankündigung des Opel-Werkes gewirkt haben, einen Weltraumflug zu unternehmen. Mit dem Kunstflieger Antonius Raab hatte es einen entsprechenden Vertrag über diesen ersten Weltraumflug abgeschlossen. In den Wochen darauf meldeten sich hunderte von Leuten, die sich als Passagiere für das Weltraumschiff zur Verfügung stellen wollten. Die Presse meldete, der Bau der Rakete, mit der ein Flug in die Stratosphäre möglich sein sollte, schreite gut voran, stellte dann aber später kleinlaut die weitere Berichterstattung ein. Einen realistischeren Hintergrund, mit deutscher Technik die Lüfte zu erobern, hatten dagegen die Rorschacher Dornier-Flugwerke mit der DO-X. Mit ihren zwölf Motoren mit je 558 PS konnte sie 100 Passagiere aufnehmen. Diese hatten drei übereinander liegende Decks mit gesonderten Schlafräumen zur Verfügung. Die DO-X stellte damit alles im Flugwesen bisher Erreichte in den Schatten. Aber nicht nur deutsche Flugtechnik, sondern auch deutsche Piloten machten von sich reden. Im Falle von Elly Beinhorn war es sogar eine Frau, die 1929 den Pilotenschein machte und bereits 1932 als erste Frau eine Weltumrundung im Alleinflug schaffen sollte. Sie wurde in den Folgejahren eine nationale Berühmtheit und stellte verschiedene Weltrekorde auf. Nicht ganz so bekannt wurde der Konstrukteur Franz Kruckenberg mit seinem Schienenzeppelin. Es handelte sich um einen futuristisch aussehenden schienengebundenen Triebwagen mit einer Länge von knapp 26 Meter aus Aluminium. Auch wenn der Name an einen gemächlich durch die Lüfte fahrenden Zeppelin erinnert, hatte das Schienenfahrzeug mit einem Luftschiff wenig gemein. 1930 stellte es einen Geschwindigkeitsweltrekord für Schienenfahrzeuge mit 230,2 Stundenkilometern auf. So richtig zum Einsatz kam dieses neuartige Verkehrsmittel - es wurde auf der Rückseite mit einem riesigen Propeller angetrieben - allerdings nicht. Der Schienenzeppelin war nicht in der Lage zu rangieren oder rückwärts zu fahren. Wenige Jahre nach seiner Weltrekordfahrt wurde das Fahrzeug verschrottet. Der Weltrekord hielt jedoch volle 24 Jahre.

Eine eher paradox anmutende Meisterleistung deutscher Ingenieurkunst feierte 1926 ihre Premiere und sorgte überall für Aufsehen: das Segelschiff ohne Segel. Anton Flettner baute die 90 Meter lange „Buckau", die statt Segeln zwei große Rotoren wie riesige Schornsteine hatte und ihre Jungfernfahrt nach New York unternahm. Die Rotoren besaßen rotierende Zylinder, die durch den Luftwiderstand angetrieben wurden und einen Wirkungsgrad gegenüber normalen Segelschiffen um den Faktor zehn hatten. Wegen der damals noch billigen fossilen Treibstoffe setzte sich diese Technik allerdings nicht durch. Heute dagegen hat man diese Technik wieder aufgegriffen und baut Schiffe, die in der Erprobungsphase sind.

Meine Großväter, Carl Beger in Sachsen und Franz Königs im Rheinland, beide stramme Sozialdemokraten, konnten sich über das Ergebnis der Reichstagswahlen am 20.5.1928 freuen. Die Sozialdemokratische Partei Deutschlands war der Gewinner dieser Wahl und verbesserte ihre Sitzzahl von 131 auf 152. Auch die Kommunisten konnten zulegen. Beide Linksparteien zusammen vereinigten 42 Prozent aller Mandate auf sich. Die bisherige Regierung der Rechten war eindeutiger Verlierer. Die Deutschnationalen büßten 30 Sitze ein, die Zentrumspartei 7 und die Nationalsozialisten verloren zwei der bisher 14 Sitze und blieben parlamentarisch noch in der Bedeutungslosigkeit. Von den 35 Wahlkreisen, die es im Deutschen Reich gab, wurden die Sozialdemokraten in 25 Wahlkreisen und die Kommunisten in zwei Wahlkreisen die stärkste Partei. Die konservativen Deutschnationalen schafften dies nur in Ostpreußen, die Bayerische Volkspartei in zwei bayerischen Wahlkreisen und das Zentrum immerhin in 5 Wahlkreisen, die im Rheinland und entlang der Westgrenze des Deutschen Reiches lagen.

Sozialdemokraten und Kommunisten punkteten bei den Wählern insbesondere bei zwei Themen: Panzerkreuzer und Schulspeisung. Die alte Regierung unter Reichskanzler Wilhelm Marx hatte sich für den Bau eines Panzerkreuzers stark gemacht. Dieses Schiff sollte zum Küstenschutz in der Ostsee eingesetzt werden, was jedoch sehr fraglich erschien. Tatsächlich galt es als Prestigeobjekt der Marine, die durch eine neue Bauweise des Kreuzers das im Versailler Vertrag festgelegte Verbot deutscher Großkampfschiffe umgehen wollte. Gleichzeitig plante die bürgerliche Reichstagsmehrheit die Zuschüsse von 5 Millionen Reichsmark für die Schulkinderspeisung zu streichen. Die Linken wetterten eifrig dagegen und zogen mit der eingängigen Parole „Kinderspeisung statt Panzerkreuzer" in den Wahlkampf. Das kam nicht nur bei den Großvätern Carl und Franz, sondern auch bei vielen anderen Wählern gut an.

Franz und Maria Königs, meine rheinischen Großeltern, hatten vor der Geburt ihrer Tochter Christel, meiner Mutter, eine Wohnung in der Poststraße 39 in Wevelinghoven bezogen. Die Unterkunft war mit 3 Zimmern und einem kleinen Garten, in dem Gemüse gezogen wurde, durchaus geräumig. Es gab sogar ein Kinderzimmer. Der Drei-Personenhaushalt lebte in bescheidenem Wohlstand und war durch Verwandte und Freunde in und um Wevelinghoven fest in dieser rheinischen Kleinstadt mit rund 5.000 Einwohnern verankert. Die wirtschaftlichen und politischen Verhältnisse waren relativ stabil. Die Zentrumspartei war die stärkste politische Macht und stellte mit Dr. Carl-August Widmann auch den Bürgermeister. Als er 1925 mit 14 von 15 Stimmen des Gemeinderates gewählt wurde, löste er seinen Parteikollegen Joseph Knaben ab, der das Amt 18 Jahre inne hatte. Auch Dr. Widmann sollte volle 20 Jahre im Amt bleiben, was etwas über die politische Kontinuität aussagt. Getragen wurde diese Stabilität sicherlich auch von einem vergleichsweise intakten wirtschaftlichen Umfeld. Wevelinghoven und die nahe gelegenen Städte Grevenbroich und Neuss konnten die Lebensbedingungen ihrer Bürger in den zwanziger Jahren merkbar verbessern. Aber nicht nur in einigen rheinischen Städten, auch in Sachsen und im Reich insgesamt wuchs das Volkseinkommen in dieser Zeit kontinuierlich. In 1929 erreichte das statistische Jahreseinkommen der Bevölkerung 1.187 Reichsmark. 1925 waren es erst 961 Reichsmark und 1913, also vor dem I. Weltkrieg, gar nur 766 Reichsmark. Dieser bescheidene Wohlstand mag erklären, warum Klein-Heinz im sächsischen Zschieschen seinen gesamten Lohn als Ferienarbeiter auf dem Rittergut behalten durfte. Der wirtschaftliche Aufschwung in Deutschland wurde erst durch die Weltwirtschaftskrise, die durch den massiven Kurseinbruch an der New Yorker Börse ausgelöst wurde, gestoppt. Innerhalb einer Woche, Ende Oktober 1929, summierten sich die Börsenverluste auf 50 Milliarden Dollar. Der Börsenkrach blieb nicht auf die USA beschränkt. Vor allem der labile Aufschwung in Deutschland wurde empfindlich getroffen. Das deutsche Volkseinkommen sollte innerhalb von 3 Jahren um 41 Prozent einbrechen und unter die statistische Ausgangsmarke von 1913, die Zeit vor dem I. Weltkrieg, zurückfallen.

Die Großeltern in Wevelinghoven und Zschieschen bekamen das durchaus zu spüren. Die Gehälter wurden um rund ein Drittel gekürzt, was auf den Pfeifentabakkonsum bei Opa Franz und die gelegentlichen Wirtshausbesuche bei Opa Carl einen schmerzlich restriktiven Einfluss ausübte. Die industrielle Produktion im Deutschen Reich sollte sich in den Jahren von 1928 bis 1932 fast halbieren und die Arbeitslosenquote stieg in diesem Zeitraum auf 30,8 Prozent. Gleichzeitig machten die Rollkommandos der extremen Rechten und Linken die Straßen unsicher. Trotz oder gerade wegen dieser chaotischen Zustände hielt die Tanzwut im Reich an. In 1929 sang man in Deutschland einen neuen Schlager: *Schöner Gigolo, armer Gigolo, denke nicht mehr an die Zeiten, wo du als Husar, goldverschnürt sogar, konntest durch die Straßen reiten! Uniform passé, Liebchen sagt: Adieu! Schöne Welt, du gingst in Fransen. Wenn das Herz dir auch bricht, zeig' ein lachendes Gesicht.* Der Text spielte auf die Tatsache an, dass Ende der zwanziger Jahre viele ehemalige Offiziere auf dem Tanzparkett neue Verdienstmöglichkeiten suchten und fanden: Als Eintänzer und Gesellschafter mit guten Manieren waren sie für bares Geld zu kaufen.

Klein-Christel bekam davon mit ihren 3 Jahren natürlich nichts mit. Sie träumte vielleicht von netten Fantasiefiguren, die der Biene Maja ähnlich sahen. Letztere wurde nicht nur bei Kindern, sondern auch bei Erwachsenen im September 1929 richtig berühmt. Das gleichnamige Buch war Spitzenreiter auf dem Buchmarkt. Die Deutsche Verlags-Anstalt teilte mit, dass das Kinderbuch von Waldemar Bonsels die Auflage von 700.000 erreicht habe. Außerdem lagen 17 europäische Ausgaben vor, daneben eine amerikanische, afrikanische, hebräische und japanische Übersetzung. Diese Literatur führte in eine Traumwelt, in die sich auch viele Erwachsene angesichts der harten wirtschaftlichen und politischen Realitäten gerne entführen ließen.

Aber es kam Mitte 1931 noch schlimmer. Die Finanzkrise verschärfte sich, da die Bezahlung der Reparations- und Kriegsschulden nach dem Youngplan aus den Fugen geriet. Dies wiederum verursachte bei den Empfängern, Deutschlands Gläubigerländern, Schwierigkeiten für die von ihnen an die USA zu leistenden Kriegsschuldzahlungen. Die Weltwirtschaft stand vor dem Zusammenbruch und führte zum zeitweisen Ausfall des deutschen und internationalen Zahlungsverkehrs. Der Ansturm ausländischer Gläubiger auf die deutschen Banken war nicht mehr zu bremsen. Als die Darmstädter und Nationalbank (Danat), eines der angesehensten und wichtigsten Kreditinstitute, ihre Zahlungen einstellte, wurde eine Kettenreaktion ausgelöst. Um den totalen Crash zu verhindern, schloss die Regierung per Notverordnung alle Banken und Börsen. Die Arbeitslosenzahl erreichte am 15. Juli 1931 einen Stand von 3.956.000 und am 15.1.1932 sogar 5.966.000.

Auch die politische Entwicklung nahm einen verheerenden Verlauf. Die Wahl zum achten Deutschen Reichstag in der Weimarer Republik war die letzte Reichstagswahl, an der mehr als eine Partei teilnahm. Vergleicht man die beiden regionalen Wahlergebnisse in der Heimat meiner Großeltern, so fallen erkennbare Unterschiede auf. Der evangelische Landkreis Großenhain wählte die NSDAP in der Reichstagswahl vom 5.3.1933 mit 48,6% zur stärksten Partei. Im Geburtskreis meiner Mutter, dem katholischen Grevenbroich-Neuss, wurde die

NSDAP dagegen mit 36,2% nur zweitstärkste Kraft. Vor ihr lag das Zentrum mit 40,1%. Das änderte jedoch nichts daran, dass die NSDAP im Deutschen Reich mit 43,9% stärkste Partei wurde und am 30.1.1933 mit der Übertragung der Regierungsgewalt an die Nationalsozialisten eine neue Ära begann. Hätte der 14jährige Heinz an der Reichstagswahl 1933 teilnehmen dürfen, wäre seine Stimme an die NSDAP gegangen. Über seinen älteren Bruder Fritz, der ihm ein Vorbild war, fand er Anfang der dreißiger Jahre zur Hitlerjugend. Er war stolz auf die Uniform und angetan von der Kameradschaft bei den gemeinsamen Unternehmungen.

Was er nicht wusste und mit seinen jungen Jahren auch nicht ermessen konnte, war die Tatsache, dass die Nationalsozialisten mit ihren Gegnern schnell kurzen Prozess machten. Nur sieben Wochen nach der Reichstagswahl, am 20.3.1933 wurde in Dachau das erste Konzentrationslager der NS-Zeit eröffnet. Es folgten noch im gleichen Monat Oranienburg, Königs-Wusterhausen und Bornim. Damit diese auch schnell mit unliebsamen Systemgegnern gefüllt wurden, nahm das NS-System alleine im März 1933 10.644 Personen fest. Erstaunlicherweise geschah dies ohne nennenswerten Protest. Die NS-Bewegung erhielt vielmehr Schützenhilfe von Stellen, von denen man es am wenigsten erwartet hätte: aus Kreisen der evangelischen Kirche. Eine zahlenmäßig große Gruppe innerhalb der Evangelischen Kirche Deutschlands, sie nannte sich „Deutsche Christen", trat auf ihrer ersten Reichstagung Anfang April 1933 für eine einheitliche deutsche Reichskirche ein und bejahte das Führerprinzip. Adolf Hitler ernannte daraufhin ihren Sprecher, den Wehrkreispfarrer Ludwig Müller, zu seinem Vertrauensmann für die Verhandlungen mit der evangelischen Kirche. Die von den sogenannten „Deutsche Christen" mehrheitlich beherrschten Gremien der evangelischen Kirche in Deutschland stellten sich im September 1933 mehr und mehr unter das ideologische Dach des NS-Regimes. Die preußische Generalsynode, in der die „Deutsche Christen" eine Zweidrittelmehrheit hatten, verabschiedete am 5.9.1933 das „Gesetz über die Rechtsverhältnisse der Geistlichen und Kirchenbeamten", das den für andere Bereiche des öffentlichen Lebens bereits geltenden sogenannten Arierparagraphen auf die Kirche übertrug. Nach diesem Gesetz durfte nur derjenige Geistlicher oder Kirchenbeamter sein, der arischer Abstammung war und sich ohne Vorbehalte für den nationalen Staat und die evangelische Kirche einsetzte. In einer Großkundgebung im Berliner Sportpalast forderten führende Vertreter der „Deutsche Christen" eine germanische Interpretation der biblischen Geschichte. Zwar distanzierte sich der zwischenzeitlich zum Landesbischof beförderte Ludwig Müller von diesen Irrlehren, dies war jedoch vielen in der Evangelischen Kirche Deutschlands nicht genug. Unter der Leitung des Pfarrer Martin Niemöller formierte sich Widerstand. Die Spaltung der Evangelischen Kirche Deutschlands war eingeleitet und wurde im November 1933 in Befürworter und Gegner des NS-Regimes vollzogen. Die Bemühungen der NS-Machthaber um eine linientreue Reichskirche erfüllten sich damit nicht. Hitler musste endgültig seinen Versuch als gescheitert ansehen, die evangelische Kirche unter Leitung des Bischofs Ludwig Müller gleichzuschalten. Martin Niemöller organisierte mit anderen unabhängigen evangelischen Christen den Widerstand und gründete die „Bekennende Kirche" die die Tradition der Evangelischen Kirche in Deutschland fortführte. Bischof Ludwig Müller starb übrigens 1945 unter ungeklärten Umständen. Es wird Selbstmord vermutet.

Wichtiger als die Richtungskämpfe innerhalb der evangelischen Kirche war der breiten Öffentlichkeit die Entwicklung auf dem Arbeitsmarkt. Wurden 1932 sechs Millionen Arbeitslose gezählt, so verringerte sich deren Zahl nach der Machtergreifung spürbar. Bereits Mitte August 1933 meldete der Arbeitsamtsbezirk Ostpreußen, dass es in seinem Bereich keinen einzigen Arbeitslosen mehr gab. Der Präsident der Reichsanstalt für Arbeit kündigte für das gesamte Deutsche Reich an, dass bis Ende September 1933 die Arbeitslosenzahl unter die 4-Millionen-Grenze sinken werde. Ein umfangreiches Arbeitsbeschaffungsprogramm sollte dieses Ziel ermöglichen. So wurden Großprojekte wie die Abdämmung der Eider und der Neckardurchstich bei Esslingen begonnen sowie Autobahnen gebaut. Der Autobahnbau ist jedoch keine Erfindung der Nationalsozialisten, wie mache behaupten, sondern wurde bereits einige Jahre zuvor eingeleitet. In 1926 war ein Verein zur Förderung von „Nurautostraßen" gegründet worden. Ab 1929 setzte sich der Name Autobahn durch, aufgebracht von Robert Otzen, dem Vorsitzenden des Vereins. Die erste Strecke, über 20 Kilometer von Köln bis Bonn, wurde 1932 eröffnet. Das Projekt hatte sich wegen der Weltwirtschaftskrise verzögert. Zudem gab es keinen zwingenden Grund für den Bau von Autobahnen, besaßen doch um 1930 nur 0,3 Prozent der Deutschen ein Auto (in den USA 18,6 Prozent). Die für Oktober 1933 festgesetzte Arbeitsdienstpflicht sollte ein Übriges tun, um die Arbeitslosigkeit abzubauen.

Die Verbesserungen auf dem Arbeitsmarkt waren auch für Heinz wichtig. In seinen persönlichen Aufzeichnungen schreibt er: *Ostern, 25.3.1934, wurde ich konfirmiert und zur gleichen Zeit ging mein jahrelanger Wunsch in Erfüllung, ich wurde am 20.3.1934 aus der Volksschule entlassen. Vorher hatten meine Eltern einen Lehrvertrag mit der Großenhainer Webstuhl & Maschinenfabrik in Großenhain unterschrieben und am 1.4.1934 begann für mich ein neuer Lebensabschnitt, ich begann die Lehre als Maschinenschlosser. Wenn ich auch in dieser Zeit nie viel Geld hatte, so waren es doch die schönsten Jahre meines Lebens. Im ersten Jahr erhielt ich pro Stunde 0,03 Reichsmark; im 2. Jahr 0,07 Reichsmark; im 3. Jahr 0,15 Reichsmark und im 4. Jahr 0,25 Reichsmark. Ich durfte zwar alles verdiente Geld behalten, aber trotzdem war es immer zu wenig, noch dazu, weil ich damals schon zu rauchen begann.*

Bei seiner Lehrfirma handelte es sich übrigens um das gleiche Unternehmen, bei dem bereits sein Vater gearbeitet hatte. Die Großenhainer Webstuhl & Maschinenfabrik hatte eine lange Tradition. 1852 von Anton Zschille als Handwerksbetrieb gegründet, firmierte sie ab 1872 als Aktiengesellschaft und galt als erste Spezialfabrik für schwere Webmaschinen. Später in 1946 sollte sie in Volkseigentum überführt werden und als VEB Textima Webstuhlbau firmieren. Die Hitlerjugend, an deren Veranstaltungen Heinz regelmäßig teilnahm, hatte in Gröten, im Kreis Elsterwerda, ein geräumiges Holzhaus für Versammlungszwecke errichtet. Hierher fuhr Heinz mit seinen Freunden oft über das Wochenende, im Winter mit dem Schlitten und im Sommer mit dem Fahrrad. Die gemeinsamen Unternehmungen waren genau das Richtige für ihn. Wanderungen und das Baden in Seen und Flüssen mit Freunden waren ihm wichtiger als viel Geld oder eine Freundin zu haben.

Im 3. Reich fand jedes Jahr im September in Nürnberg ein Reichsparteitag statt. Von jeder NS-Organisation eines jeden Kreises wurde für die Teilnahme eine bestimmte Anzahl von Teilnehmern ausersehen. Heinz war stolz, in 1933 und später in 1937 als Hitlerjunge und anschließend 1938 als Angehöriger des Reichsarbeitsdienstes hieran teilnehmen zu dürfen. Für einen jungen Menschen war es schwer, sich dieser propagandistischen Großinszenierung mit über 500.000 Teilnehmern, in der die Geschlossenheit der NSDAP und deren Organisationen wie auch der deutschen Wehrmacht demonstriert werden sollte, zu entziehen. Wenn Heinz davon mit glänzenden Augen erzählte, kam er ins Schwärmen. Selbst viele Jahre später als Erwachsener erinnerte er sich an diese Veranstaltungen gerne und intensiv. Im Herbst 1935 hatte Heinz die Gelegenheit, das erste Mal in seinem Leben fernzusehen. Eine der größeren Kneipen in Großenhain leistete sich einen der sündhaft teuren Fernsehapparate. Bereits seit dem 22.3.1935 gab es so etwas wie ein reguläres Fernsehprogramm in Deutschland, das erste weltweit. Jeden Montag, Mittwoch und Samstag wurden zwischen 20.30 und 22.00 Uhr Filme und ausgewählte Teile der Wochenschauen gesendet. Mit Ursula Patzschke und Annemarie Beck lernte Heinz dabei auch die ersten deutschen Fernsehansagerinnen kennen. Besonderes Interesse hatte der sportbegeisterte Heinz an den Vorbereitungen für die XI. Olympischen Sommerspiele, die vom 1. bis 16. August 1936 in Berlin ausgetragen werden sollten. Der Vorverkauf für die sogenannten Olympia-Pässe, die zum Besuch aller Veranstaltungen berechtigten, lief bereits seit dem 1.1.1935. Einen solchen Olympia-Pass konnte sich Heinz bei Preisen zwischen 40 und 100 Reichsmark natürlich nicht leisten. Die Olympiade entwickelte sich zu einer phantastischen Propagadashow für das NS-Regime. So bemerkte der britische „Observer" am 2.8.1936, dass das neue Deutschland der hervorragendste Gastgeber zu sein scheine und die Veranstaltung das großartigste Sportereignis sei, welches die Welt je gesehen habe. Der „Daily Telegraph" bezeichnet in seinem Schlussbericht am 17. 8. 1936 die Spiele als eine der glänzendsten in der Reihe der neuzeitlichen Olympiaden. Ähnliche Zitate aus der französischen Presse, die in Deutschland veröffentlicht wurden, rundeten das Lob ab.

Derweil macht Heinz mit seinen 16 Jahren seinen ersten bescheidenen Schritt in das gesellschaftliche Leben Großenhains. Er nahm an einem Tanzkurs teil. So richtig mit Mittelball, Schlussball und Tanzorchester. Nur fehlte leider die geeignete Tanzpartnerin. Da war die Tochter des Obermeisters aus der Fabrik, in der Heinz seine Lehre machte, eine Notlösung. Klein, dick und unattraktiv war sie, aber frei. Zumindest für den Tanzkurs. An mehr hatte Heinz auch nicht gedacht. Irgendwelche Bindungen zu einem Mädchen wollte Heinz nicht aufbauen, er war zu sehr mit seinen Freunden und der Arbeit beschäftigt. Als Heinz im Februar 1936 vom Bau eines Volkswagens hörte, hatte er einen Traum mehr. Ein solches Fahrzeug zu besitzen, das wäre schon was gewesen. Adolf Hitler hatte auf der Berliner Automobilausstellung den Bau eines Volkswagens, eines Kraftfahrzeugs zu erschwinglichen Preisen für jedermann, angekündigt. Bisher standen einer Massenproduktion zwei Probleme im Weg: ausreichender Brennstoff und eine geeignete Bereifung. Durch die autarke Industriepolitik des NS-Regimes war an einen Import von Erdöl und Kautschuk in den notwendigen Mengen nicht zu denken. Die deutsche Industrie hatte jedoch eine eigene Treibstofftechnologie entwickelt. Zum anderen wurden auf der Ausstellung erstmalig Reifen gezeigt, die in Deutschland nach einem synthetischen Verfahren hergestellt worden waren. Die IG Farben AG produzierten in Berlin unter dem Namen „Buna" einen in ihren Laboratorien entwickelten synthetischen Kautschuk, der bereits bei Wehrmachtfahrzeugen als Autoreifen erprobt worden war und aus Naturgummi hergestellte Fabrikate an Haltbarkeit übertraf. Zu dieser Zeit existierten allerdings nur drei Volkswagenprototypen.

Es sollte dann noch zwei Jahre dauern, bis im Mai 1938 das 2.500-Einwohner-Städtchen Fallersleben hohen Besuch bekam. Hitler und die Spitzen der Deutschen Arbeitsfront waren zur Grundsteinlegung des Volkswagenwerkes gekommen. Erstmals wurden die technischen Daten des künftigen Autos bekanntgegeben. Danach war vorgesehen, den Volkswagen in drei Ausführungen zu bauen: als offenen Wagen, als Limousine und als Cabriolet. Der luftgekühlte Heckmotor sollte 24 PS haben und 100 Stundenkilometer Dauerleistung bringen. Der Preis des Wagens ab Werk war mit 990 Reichsmark veranschlagt. Damit sich möglichst viele Deutsche den Wagen leisten konnten, sollte zur Finanzierung der Anschaffungskosten ein Spar- und Versicherungssystem eingeführt werden.

Die Nationalsozialisten hatten nach der Machtübernahme in 1933 schnell die freien Gewerkschaften aufgelöst und an deren Stelle die Deutsche Arbeitsfront (DAF) gegründet. Es war ein Einheitsverband der Arbeitgeber und Arbeitnehmer. Obwohl die Mitgliedschaft obligatorisch war, bejahten viele Arbeiter und Angestellten die DAF: Die Sicherheit des Arbeitsplatzes und die Reglementierung aller Schichten bewirkte eine psychische Egalisierung, welche insbesondere von den unteren Sozialklassen als positiv bewertet wurde. Heinz war von Juni 1936 bis März 1938 Mitglied der DAF und besaß ein Arbeitsbuch, in dem er die Beitragsmarken, anfänglich monatlich 30 Pfennig, später 80 Pfennig, ordentlich einklebte. Den wöchentlichen Besuch der Berufsfachschule in Großenhain empfand Heinz als angenehme Abwechslung vom Arbeitsalltag. Er wurde zum Klassensprecher gewählt und beendete seine Lehrzeit Ende März 1937 sogar mit der Note „sehr gut" in der Kategorie Fertigkeitsprüfung und einem „fast gut" in Kenntnisprüfung.

Als einige seiner besten Freunde zum Arbeitsdienst oder gar zur Wehrmacht eingezogen wurden, gab es für Heinz keinen Grund, lange nachzudenken. Er meldete sich freiwillig zur Kriegsmarine. Seine Firma wollte ihn unbedingt halten. Heinz sollte noch eine Zusatzausbildung zum Monteur bekommen und dann auf Montage gehen. Er hatte aber die Anmeldebestätigung der Kriegsmarine in der Tasche und kündigte daher sein Arbeitsverhältnis. Zunächst stand aber noch der obligatorische sechsmonatige Reichsarbeitsdienst an. Dieser zuvor freiwillige Dienst war seit dem 26.6.1935 eine Pflichtveranstaltung für jeden Deutschen beiderlei Geschlechts. Ausgenommen waren nur körperlich Untaugliche und Nichtarier sowie solche, die mit Nichtariern verheiratet waren. Heinz war körperlich tauglich und weder mit einer Arierin noch mit einer Nichtarierin liiert. Er kam nach Neuhausen bei Olbernhau im Erzgebirge, wo hauptsächlich Drainagearbeiten auf Feldern und Wiesen anstanden. Zusätzlich gab es eine vormilitärische Ausbildung. Die vielfältigen Vorbereitungen auf den Zweiten Weltkrieg liefen bereits. Am Ende des Reichsarbeitsdienstes musste noch ein außerplanmäßiger Ernteeinsatz geleistet werden. In der ganzen Zeit gab es für die recht harte Arbeit lediglich schlappe 50 Pfennig – nicht pro Stunde – pro Tag. Heinz wollte während dieser Zeit sich selbst beweisen, dass er damit

– trotz des Rauchens – auskam. Er hatte es auch fast geschafft. Nur einmal holte er 5 Reichsmark von der Sparkasse ab, um einen Wochenendurlaub zu verbringen. Diesen eisernen Sparwillen hat Heinz, wenn es darauf ankam, auch in seinem späteren Leben bewiesen. Ich bin ihm heute noch dankbar, denn er hinterließ nach seinem Tod meiner Mutter einige Ersparnisse, die sie für ihren späteren Pflegeheimplatz gut gebrauchen konnte.

Nachdem Heinz Ende Oktober 1938 aus dem Reichsarbeitsdienst entlassen wurde, konnte er seinen großen Wunsch, in die Kriegsmarine einzutreten, bereits am 3.11. des gleichen Jahres umsetzen. Ein völlig neuer Lebensabschnitt stand an, insbesondere vor dem Hintergrund des nahenden Weltkriegs. Da kam es ganz recht, dass ein Bekannter aus Großenhain das gleiche Ziel hatte. Ihr gemeinsamer Weg führte zur Marinebasis nach Stralsund. Also buchten sie zusammen die Zugfahrt, die über Berlin führte. Und in Berlin auf der Grunewaldstraße 86 wohnte Onkel Max. Die passende Gelegenheit, vor dem harten Kasernenleben der Marine schnell noch die leichtlebigen Berliner Nächte kennenzulernen. Dass die beiden unbedarften Landbewohner in der Großstadt unter die Räder kamen, lässt sich leicht erahnen. Die Schlafgelegenheit von Onkel Max wurde kaum genutzt. Aber Schnaps ist Schnaps und Dienst ist Dienst. Diesen Ausspruch kannten sie schon vom Arbeitsdienst und sollten ihn in der anstehenden Marineausbildung verinnerlichen. Am nächsten Morgen ging es mit schwerem Kopf und leeren Magen planmäßig weiter nach Stralsund. In den folgenden Wochen konnten sie die Außenwelt vollständig abhaken. Die Kriegsmarine vereinnahmte sie mit Haut und Haaren und sollte Heinz Beger erst 6 Jahre später wieder freigeben. Fürs Erste wurde exerziert. Wie für jeden Rekruten im Heer oder in der Luftwaffe, mussten die grundlegenden militärischen Fertigkeiten erlernt werden: die Unterscheidung der einzelnen Dienstgrade, das militärische Grüßen, das Marschieren in der Kolonne, Wache stehen und Gewehrgriffe kloppen, letzteres vorzugsweise ohne Handschuhe bei winterlichen Minustemperaturen. Erst wenn man dieses kleine militärische Einmaleins gelernt hatte, war man für die anspruchsvolleren maritimen Aufgaben vorbereitet: zum Beispiel das Pullen im Kutter. Natürlich waren alle Schiffe der Kriegsmarine mit Motoren ausgestattet, sodass Heinz sich fragte, was die Kraftverschwendung nur sollte. Aber die Kriegsmarine war halt in manchen Dingen ausgesprochen konservativ. Schließlich gibt es sogar im 21. Jahrhundert noch Segelschulschiffe. Die Landratte Heinz hatte nicht nur mit der harten Ausbildung in den kalten Wintertagen 1938/39 zu kämpfen, ihn plagte zudem eine Hauterkrankung, vornehmlich im Gesicht, die durch das ungewohnte Salzwasser entstand. Während der gesamten Marineausbildung hatte Heinz nur ein einziges Mal Urlaub, den er bei seiner Familie, die zwischenzeitlich nach Großenhain umgezogen war, verbrachte.

Kurz vor Beendigung der Marineausbildung wurde entschieden, wo die jungen Rekruten eingesetzt werden sollten. Heinz meldete sich freiwillig zur U-Bootwaffe und wurde prompt abgelehnt. Wegen seiner Körpergröße von 1,82 m wollte die Marine nicht extra ein größeres Modell auf Kiel legen. Er hatte dabei wahrscheinlich großes Glück. Bei einem Kriegseinsatz in einem U-Boot wäre seine Überlebenschance nur bei etwa 25% gewesen. Lediglich ein Viertel der insgesamt 40.000 U-Bootfahrer überlebte den Krieg. 739 deutsche U-Boote gingen während des Krieges verloren. Heinz wurde vielmehr zum Panzerschiff „Admiral Graf Spee" abkommandiert, welches im Heimathafen Wilhelmshaven lag. Als er das Schiff das erste Mal sah, verschlug es im die Sprache. Ein Stahlkoloss von 186 m Länge und über 21 m Breite lag vor ihm. Kaum vorstellbar, dass dieser Riese mit seinen 53 Stundenkilometern - der angehende Leichtmatrose Heinz würde hier fachmännisch 28,5 Knoten sagen - flotter als manch kleineres Schiff war. Dies also sollte für ihn und weitere 1.100 Mann seine künftige Heimat sein. Die Admiral Graf Spee war für Kaperfahrten auf gegnerische Handelsschiffe vorgesehen. Sie verband daher Schnelligkeit und gute Panzerung von bis zu 150 mm, was sich normalerweise ausschließt. Zusätzlich war sie mit sechs respektablen 28-cm-Geschützen ausgestattet. Heinz kam zur Fla.-M.W., wie die korrekte Bezeichnung heißt, einem 2-cm-Flugabwehrgeschütz direkt neben dem Schiffsschornstein.

Im Frühjahr 1939 ging es für einen Monat auf Manöverfahrt. Durch den englischen Kanal in den Nordatlantik und ins Mittelmeer. Neben dem vielen Drill gab es auch interessante Abwechslungen. Die Graf Spee lief ausländische Häfen an. Jetzt wurde Wirklichkeit, warum Heinz sich freiwillig zur Kriegsmarine gemeldet hatte. Er konnte ferne Länder kennenlernen. Am 1. Mai 1939 wurde die Graf Spee in Ceuta, einer spanischen Exklave in Marokko, gegenüber von Gibraltar, von einem Falange-Musikzug empfangen. Franco-Spanien war dem Deutschen Reich und auch der Graf Spee zu besonderem Dank verpflichtet. 1937 beschoss die Graf Spee während des spanischen Bürgerkriegs in der Schlacht von Malaga die spanische Küstenstadt und beteiligte sich an der Seeblockade gegen die spanische Republik. Dementsprechend freundlich war der Empfang der Deutschen durch die Spanier, zumal der Flottenkommandant der deutschen Kriegsmarine an Bord war. Während des mehrtägigen Aufenthalts ging Heinz einige Male an Land. Schade nur, dass er auch hier knapp bei Kasse war. Ein Rekrut bekam nur 1,50 Reichsmark pro Tag. Zudem wurden Devisen immer recht restriktiv zugeteilt. Auf der Rückfahrt wurde der Hafen von Lissabon angefahren. War Ceuta für Kleinstädter aus Sachsen schon ein Vorposten der großen weiten Welt, so war Lissabon für Heinz eine der großen Weltmetropolen. Hier gab es auch eine nennenswerte deutsche Kolonie, für die ein Bordfest veranstaltet wurde. Leider hatten Heinz und die meisten seiner Kameraden kaum etwas davon – außer viel Arbeit für die Vorbereitung. Nach einem abschließenden Übungsschießen im Atlantik wurde die Ausbildungsfahrt beendet und die Graf Spee machte wieder an der Pier in

Wilhelmshaven fest. Ein Großreinemachen an Bord bestimmte dann die folgenden Tage. Es wurden Öl und Proviant geladen, die Maschinen überholt, das Schiff von außen gestrichen, also alles auf Vordermann gebracht. Pfingsten 1939 erhielt keiner der Besatzung Urlaub, denn die Graf Spee war Wachschiff der deutschen Flotte. Anschließend lief sie in die Nordsee aus, um die Kämpfer der Legion Kondor aus Spanien in den Hamburger Hafen zu begleiten, die auf „Kraft durch Freude"-Schiffen nach Hause transportiert wurden. Die Legion Kondor war eine verdeckte, das heißt ohne deutsche Uniformen operierende Einheit der deutschen Wehrmacht im Spanischen Bürgerkrieg. Sie wurde 1936 unter strengster Geheimhaltung ins Leben gerufen, griff in alle bedeutenden Schlachten ein und hatte entscheidenden Anteil am Sieg der Putschisten unter General Franco über Spaniens demokratisch gewählte Regierung. Ihre Existenz wurde bis kurz vor ihrer Rückkehr geleugnet. In Hamburg erhielten die Spanien-Kämpfer einen großen Empfang und Reichsmarschall Göring sprach zu ihnen. Heinz hatte von alledem genug. Er verbrachte einen schönen Sonntagnachmittag in Blankenese.

Der angehende Sommer des Jahres 1939 war besonders heiß und die Tage auf der Graf Spee ruhig. Der bevorstehende Weltkrieg sandte untrügliche Signale aus. Das Schiff wurde mit Vorräten vollgepackt, alles Brennbare von Bord entfernt und 100 Matrosen kamen zusätzlich an Bord. Die Besatzung wusste, was das zu bedeuten hatte. Die Hafenarbeiter meinten: *Hoffentlich sehen wir die Spee noch mal wieder*, als sie am 21.8.1939 gegen 19.00 Uhr aus dem Heimathafen Wilhelmshaven auslief. Ihre Befürchtung sollte voll zutreffen. Wenige Tage später, am 1.9.1939, wurde durch den deutschen Überfall auf Polen der II. Weltkrieg ausgelöst. Die Graf Spee hat danach nie mehr einen deutschen Hafen angesteuert. Am nächsten Morgen nach dem Auslaufen des Schiffes, als die Besatzung nicht mehr nach Hause schreiben konnte, informierte der Kommandant die Besatzung über die künftigen Aufgaben der

Graf Spee. Es war keine wirkliche Überraschung. Die Graf Spee sollte im Nord- und Südatlantik auf Kaperfahrt gehen und so viele gegnerische Handelsschiffe versenken wie möglich. Die Geschichte ist schnell erzählt, weil recht übersichtlich. In den Monaten September bis Dezember 1939 versenkte die Graf Spee 9 alliierte Handelsschiffe mit einer Gesamttonnage von rd. 50.000 Bruttoregistertonnen. Dann traf sie auf drei englische Zerstörer, wurde in ein Gefecht verwickelt und aus war der Traum von der großen Kaperfahrt. Die Graf Spee hatte sich zwar beachtlich in dem Seegefecht gehalten, musste aber schwer beschädigt im Hafen von Montevideo einlaufen. Als klar wurde, dass die Graf Spee den neutralen Hafen bald wieder verlassen musste, ohne dass die notwendigen Reparaturen durchgeführt und fehlende Munition ergänzt werden konnten, reifte bei der Marineführung ein weitreichender Entschluss. Die Graf Spee versenkte sich in der Rio de la Plata-Mündung selbst und schonte so das Leben ihrer Besatzung. Gegen die vor Montevideo versammelten englischen Kriegsschiffe hätte das deutsche Schiff keine Chance gehabt. Heinz ging mit der übrigen Besatzung in die Internierung nach Argentinien. Für ihn war der II. Weltkrieg nach nur knapp 4 Monaten beendet.

Kapitel 2: Sachse trifft Rheinländerin

Nur wenige Wochen zuvor, etliche tausend Seemeilen entfernt, hatte Christel Königs ihren 13. Geburtstag gefeiert. Da Christel keine Geschwister hatte und es nicht üblich war, zu so einem trivialen Ereignis andere Kinder einzuladen, blieb der Kreis der Gratulanten auf ihre Mutter Maria Königs, ihren Vater Franz Königs und Tante Trautchen beschränkt. Geburtstagsgeschenke gab es auch nicht. Mutter Maria hatte einen Gugelhupf gebacken, der am Nachmittag des 1.11.1939, einem für die Jahreszeit sehr warmen Mittwoch, zum Kaffee serviert wurde. Vater Franz war verhindert. Er musste schon Mittags von zu Hause, das heißt von Kapellen - die Königs waren nämlich 1936 von Wevelinghoven nach Kapellen umgezogen - losfahren, um pünktlich die Spätschicht bei der International Harvester Corporation in Neuss zu erreichen.

Christel war es gewohnt, an Geburtstagen mit Geschenken sehr knapp gehalten zu werden. Der Kakao, den ihre Mutter zum Gugelhupf gekocht hatte, durfte schon als etwas Ausgefallenes betrachtet werden. Christel konnte sich noch gut an den Weißen Sonntag einige Jahre zuvor erinnern, an dem ihre 1. Heilige Kommunion gefeiert wurde. Mit dem Weißen Sonntag endet in der katholischen Kirche die Osteroktav, jene acht Tage vom Ostersonntag an, die liturgisch als Hochfest mit Gloria in der Messe und Te Deum im Stundengebet begangen werden. Es ist eines der bedeutendsten Feste der katholischen Kirche und das wichtigste Ereignis im Leben eines Kindes, zumindest dann, wenn es katholisch und gläubig ist. Die Protestanten haben dafür die Konfirmation kreiert, machen damit aber deutlich weniger Tamtam. Die kleine Christel hatte sich zur 1. Heiligen Kommunion eine Halskette gewünscht, ein Wunsch, den auch ihre Schulfreundinnen mehrheitlich hegten. Sie war auch nicht in der Lage oder gewillt, diesen Wunsch als stilles Geheimnis zu hüten. Sie erzählte es jedem, ob er es hören wollte oder nicht. Es kam dann, wie es kommen musste. Eine Kette bekam sie natürlich nicht, dafür aber eine 40 cm große Madonnenstatue für den Nachttisch. Meine Mutter konnte sich noch als ältere Frau gut an diese Enttäuschung erinnern.

Die Sparsamkeit der Eltern von Christel hatte noch einen anderen Grund. Im Laufe des Jahres 1939 war der Umzug von der Friedrichstraße 94b in Kapellen in ein eigenes neues Haus nach Neuss-Reuschenberg in die Enzianstraße 22 geplant. Genau genommen hieß die Straße zu jener Zeit Linzer Straße. Den Namen Enzianstraße erhielt sie erst nach dem Kriege. Der Neusser Ortsteil Reuschenberg war eine neue Siedlung, die ihren Namen von dem ortsfremden Johann von Reuschenberg ableitet, der 1496 die Neusser Patriziertochter Elisabeth Vell von Wevelkoven ehelichte. Warum Johann von Reuschenberg die Reise von der Dürener Gegend nach Neuss machte und Elisabeth heiratete, ist aus heutiger Sicht nicht ersichtlich. Elisabeth war weder reich noch hübsch. Wie ihre beiden Schwestern auch. Letztere fanden daher beide keinen Mann, der sich für sie interessierte und traten mehr aus Kummer als aus innerer Überzeugung in das Neusser Kloster St. Michaelisberg ein. Elisabeth, die nunmehr den Namen von Reuschenberg trug, blieb dieses Los erspart. Sie setzte dafür mehrere Kinder in die Welt und darf als Stammmutter der wenige Familien umfassenden einheimischen Reuschenberger Bevölkerung inklusive des kleinen Stadtteils Selikum angesehen werden.

Die Zahl der Reuschenberger stieg erst durch Zuwanderung an, als ab 1935 unter dem Namen Gartenvorstadt Reuschenberg in einer ersten Ausbaustufe 350 Eigenheime errichtet wurden. Je nach Familiengröße sollten die Häuser 4-6 Wohnräume, Waschküche, Kellerraum, Stall und Futterboden enthalten. Die Grundstücke waren groß genug, um allerlei Gemüse und Früchte anzubauen sowie Hühner und – je nach Bedarf – auch ein Schwein oder eine Ziege zu halten.

Der Neusser Baurat Steigerwald erklärte den Siedlern am 15.12.1936 in einer Zusammenkunft, dass das nationalsozialistische Reichsarbeitsministerium diesen neuen Ortsteil als eine Mustersiedlung betrachtet, *in der nicht die Gewinnung von ein paar Tausend Kohlköpfen oder einigen Morgen Land im Mittelpunkt* stehe. *Vielmehr sei es Ziel, der großen Masse unseres Volkes die Rückkehr zur Scholle zu ermöglichen und zu erleichtern und all denen, die unter der ungeheuren Not der Zeit am meisten zu leiden haben, die Möglichkeit zu gesunder Arbeit, wirtschaftlicher Hilfe und seelischem Auftrieb zu geben. Es soll hier der Boden bereitet werden für die unserem Volke so notwendige Rücksiedlung zum Lande.* Die örtliche Parteizentrale der NSDAP ergänzte: *Nicht jeder eignet sich natürlich zum Siedeln. Ein Siedler muss ein wertvoller Volksgenosse sein, der mit ganzem Herzen hinter dem Führer und seiner Weltanschauung steht. Im übrigen wird ein gesundes Wohnen im Siedlerhaus als Grundlage für eine gesunde Familie angesehen, ebenso aber auch die Seßhaftmachung des Stammarbeiters. Im Hinblick auf eine künftige, vorübergehende Arbeitslosigkeit kann der Arbeiter als Siedler durch die Erträge des eigenen Bodens und der Kleinviehhaltung leichter überleben als ein Arbeiter in einem Mehrfamilienhaus innerhalb der Stadt.*

Soweit der NS-Originalton. Während die ersten Straßen der neuen nationalsozialistischen Mustersiedlung konsequenterweise nach alten Kämpfern der NSDAP benannt wurden, erhielten die Straßen des dritten und letzten Bauabschnitts, er wurde kurz nach dem Anschluss Österreichs eingeweiht, den Namen von österreichischen Regionalhauptstädten. Das neue Haus meiner Großeltern stand daher bis zur Umbenennung in Enzianstraße auf der Linzer Straße.

Die Häuser kosteten zwischen 5.500 und 8.500 Reichsmark, je nachdem, ob es sich um ein Einfamilienhaus oder um ein Doppelhaus handelte. Sie wurden von der Neusser Gemeinnützige Bauverein AG nach dem sogenannten Reichsheimstättengesetz errichtet. Hierdurch hatten die Siedler einige finanzielle Erleichterungen. Zudem beteiligten sich zwei Neusser Firmen, die Nationale Radiator-Gesellschaft mbH und die International Harvester Company, mit 250.000 Reichsmark an der Finanzierung. Die beiden Firmen boten natürlich vorzugsweise ihren Stammarbeitern die Häuser an, wovon mein Großvater Franz Königs schließlich profitierte. Er kaufte ein Einfamilienhaus mit 878 qm Grundstück. Zur Finanzierung wurden Hypotheken von 4.800 Reichsmark eingetragen. Trotz des günstigen Kaufpreises war der Erwerb eines solchen Hauses für die Königs eine große finanzielle Belastung. Und deshalb musste gespart werden, auch an Geburtstagsgeschenken.

Eine weitere Form des Sparens bei den Königs war, im Winter nur einen Raum zu beheizen. Und das war die Küche. Sie war klein und hatte einen Herd, der - ohnehin in Betrieb genommen - angenehme Wärme erzeugte. An kalten Abenden saß dann die kleine Familie in der Küche zusammen, trank einen heißen Muckefuck und kämpfte gegen den beißenden Geruch von Knoblauch an, den der Hausherr, Franz Königs, dick auf seine Schwarzbrotschnitten auftrug.

Die Zeiten waren hart. Trotzdem wurde auch heftig gefeiert. Die kirchlichen Feiertage wie Ostern, Christi Himmelfahrt oder Pfingsten gaben hierzu Gelegenheit. Ganz ausgelassen ging es bei runden Geburtstagen, bei einer Erstkommunion, Hochzeit oder Kindstaufe zu. So wurde die Geburt von Rita, dem ersten und einzigen Kind von Tante Kätchen, der Schwester von Christels Mutter, bei bestem Wetter an einem Augustsonntag, direkt nach dem Kirchgang gefeiert. Es wurde weder an Bier noch an Schnaps gespart und auch die Nachfrage nach Kartoffelsalat, Würsten und Buttercremetorten konnte bedient werden. Im Laufe des Nachmittags forderten die heißen Temperaturen ihren Tribut. Die partiellen oder kompletten Ausfälle von zumeist männlichen aber auch einigen weiblichen Teilnehmern nahmen zu. Am Abend verstärkte sich diese Tendenz und der verbleibende harte Kern der Feiertruppe hatte zur späten Nachtstunde alle Kraft und Konzentration nötig, in irgendeiner Form das eigene Zuhause zu finden. Der kleinen Rita, die man in einen geschmückten Taufkorb gelegt und auf der Fensterbank des Wirtshauses abgestellt hatte, blieb nur das Nachsehen. Sie wurde schlicht vergessen und erst im Laufe des folgenden Tages, bevor die Eltern sie vermissten, von den Wirtsleuten entdeckt.

Christel Königs, meine Mutter, hatte es in ihrer Kleinfamilie oftmals nicht leicht. Als Einzelkind hatte sie zwar keine Nebenbuhler, wenn Aufmerksamkeiten und Streicheleinheiten verteilt wurden, dafür konzentrierten sich auf ihr aber auch all der Frust und Ärger, der anfällt, wenn man einen starrköpfigen und cholerischen Vater hat. Und das war Franz Königs, mein Opa. Er war der Herr im Haus und duldete keinen Widerspruch. Christel verbrachte wegen nichtiger Anlässe so manche Strafstunde im Haus, während draußen ihre Freundinnen Sibilla Loosen, Elisabeth Schorn, Lieselotte Depner oder Margret Kreuseler spielten und fragten, wo sie denn bliebe. Bei alledem wirkte ihr vorwitziges Mundwerk, das sie auch mit einem gewissen Mutterwitz kombinieren konnte, nicht gerade deeskalierend. Dies galt auch für die Schule. Sowohl der Hauptlehrer Rasbach als auch die Klassenlehrerin Junkers sahen sie oft als vorlaut an. Dabei war sie eine ausgesprochen gute Schülerin. Während des Besuches der Volksschule, zuerst ab 1.4.1933 in Wevelinghoven, dann in Kapellen und schließlich bis zum 7.12.1940 in Reuschenberg hatte sie regelmäßig ein recht langweiliges Zeugnis. Normalerweise gab es die Note „gut", manchmal auch ein „sehr gut" oder „befriedigend". Letzteres beim Turnen und Zeichnen.

Den Eltern allerdings imponierte dies wenig. Sie sahen zu, dass Christel nach dem Abgang aus der Volksschule am 29.3.1941 zuerst als Hausgehilfin und vom 1.5.1941 bis 31.3.1943 als Kindergartenhelferin arbeitete. Der offizielle Arbeitgeber war die Nationalsozialistische Volkswohlfahrt e.V., Kreisverwaltung Neuss-Grevenbroich, was alles akkurat in ihrem Arbeitsbuch festgehalten wurde. So wie mein Vater, Heinz Beger, Mitglied der Hitlerjugend war, so wurde meine Mutter, Christel Königs, Mitglied im Bund deutscher Mädel (BdM). Es war eine Zwangsmitgliedschaft. Der BdM entwickelte sich hierdurch mit 4,5 Millionen Mitgliedern zur größten weiblichen Jugendorganisation der Welt. Ähnlich wie bei den Jungen, lag ein Schwerpunkt der Aktivitäten im BdM bei Ausflügen, Wanderungen und rucksackbeladenen Märschen in freier Natur, oft verbunden mit romantischer Lagerfeueridylle und gemeinsamem Gesang. Auch anschließende Übernachtungen in Heuschobern waren im Sommerhalbjahr gängig. Märchen- und Theateraufführungen, teils mit Puppen und Marionetten, Volkstanz und Flötenmusik sowie verschiedene Sportangebote zählten zum Standardprogramm. Von den Jungmädels wurde so einiges verlangt. Sie sollten sich in Handarbeit und Kochen auskennen und für „die Wärme des heimatlichen Herdes" sorgen. Durch gymnastische Schulung sollte insbesondere die Anmut entwickelt und die gesamte Person mit ihrer weiblichen Anatomie auf die künftige Mutterrolle vorbereitet werden. Das hatten nicht wenige dann wohl doch falsch verstanden. So wurde allein bei 900 BdM-Mitgliedern, die den Reichsparteitag 1936 in Nürnberg besucht hatten, anschließend eine Schwangerschaft festgestellt. Die vom BdM angebotenen Ferienreisen, die über Zuschüsse auch Kindern aus sozial schwachen Familien Fahrten ins Winter-Skilager oder ins Sommer-Zeltlager ermöglichten, gehörten zu den gern wahrgenommenen Freizeitangeboten. Weniger nachgefragt und daher von 1938 an verpflichtend war ein Dienstjahr als haus- oder landwirtschaftliche Hilfe, das sogenannte Landfrauenjahr. Die Mädchen wohnten und arbeiteten dabei in den Haushalten auf den Bauernhöfen vornehmlich in Schlesien, Pommern und Ostpreußen. Christel hatte Glück, sie blieb von diesem Arbeitseinsatz verschont.

Die Arbeit als Hausgehilfin und die Aktivitäten des BdM füllten Christel nicht aus. Endlich hatte sie ihre Eltern überredet, eine weitergehende Ausbildung machen zu dürfen. Bedingung war jedoch, dass sie den einmal eingeschlagenen Berufsweg weiter verfolgte. So besuchte sie von April 1943 an die Städtische Haushaltsschule in Neuss am Hamtorwall 27. Hier lernte sie unter anderem Kochen und Kuchen backen. Sie legte ein handgeschriebenes Kochbuch mit 93 Seiten an, welches sich, der Kriegszeit angepasst, auf einfache und dennoch schmackhafte Rezepte konzentrierte (siehe auch Seite 148).

Ende März 1944 verließ sie diese Haushaltsschule mit Auszeichnung. Wegen der guten Jahresleistung wurde sie von der mündlichen Prüfung und vom Besuch der hauswirtschaftlichen Berufsschule befreit. Ihr wurde dafür der weitergehende Besuch der Städt. Kinderpflege- und Haushaltsgehilfinnen-Schule, ebenfalls in Neuss, empfohlen. Da die Schule von Oktober 1944 bis November 1945 geschlossen war, dauerte es bis zum 9.4.1946, dass sie den Abschluss, wiederum mit Auszeichnung, machen konnte. Nun fehlte nur noch ein praktisches Jahr, um als Kinderpflege- und Haushaltsgehilfin in einer Familie oder einem Kinderheim arbeiten zu können. Dieses Praktikum machte sie in einem Privathaushalt bei Dr. Thea Werth, die vier lebhafte arbeitsintensive Kinder hatte.

In der Zwischenzeit hatten amerikanische Truppen am 1.3.1945 die Gartenvorstadt Reuschenberg besetzt und das Deutsche Reich hatte am 8.5.1945 kapituliert. Der II. Weltkrieg war damit offiziell beendet. Reuschenberg hatte die Kriegsjahre relativ gut überstanden. Es gab dort ja keine Industrie, die das Ziel alliierter Luftangriffe hätte werden können. Wohl existierte im Nordwesten der Gartenvorstadt, nördlich der heutigen Straße am Südpark, eine Flakstellung, die auch einige Male bombardiert wurde. Der wohl schwerste Luftangriff ereignete sich am 29.11.1944 mit der Zerstörung einiger Häuser in der Bergheimer Straße, Dahlienstraße und Drosselstraße. Es gab 7 Tote. Auch das Haus meiner Großeltern wurde leicht getroffen. Die Bombe durchschlug den Dachstuhl und vernichtete einen Teil des Inventars im Obergeschoss. Der Schaden blieb aber überschaubar. Die angebrannte Tür zum Schlafzimmer war noch jahrzehntelang in Betrieb, auch ein Ausdruck von Sparsamkeit meiner Vorfahren. Verletzt wurde bei dieser Aktion niemand, da sich meine Großeltern - Opa Franz war zum Glück vom Kriegsdienst freigestellt – und meine Mutter während des Luftangriffs im Hochbunker an der Bergheimer Straße 419 aufhielten. Dieser Bunker, mit dessen Bau bereits 1942 begonnen wurde, konnte wegen des Material- und Arbeitskräftemangels gerade noch rechtzeitig vor diesem Angriff fertiggestellt werden.

Es ist noch ein anderer Grund zu nennen, warum in Reuschenberg während der Kriegsjahre das Leben im Vergleich zu anderen Orten in Deutschland weitgehend normal weiterging. Es gab weder Schikanen noch Übergriffe oder Deportationen von jüdischen Mitbürgern, weil es in dieser nationalsozialistischen Mustersiedlung keine Juden gab. Die Siedler, die sich kurz vor dem Krieg hier einkauften, waren alle handverlesen, hatten alle einen arischen Stammbaum. Anders sah das zum Beispiel im früheren Wohnort von Opa Franz in Wevelinghoven aus. Dort gab es auf der Unterstraße 17 die Metzgerei Katz. Eine jüdische Familie mit sechs Personen. Die Königs kauften dort ein, denn ihre Wohnung auf der Poststraße lag nicht weit entfernt; es war eine Parallelstraße zur Unterstraße. Von den sechs Personen der Familie Katz wurden vier Personen in Konzentrationslagern umgebracht. Vater Julius 1942 in Riga-Salaspils, seine Frau Meta 1942 in Riga-Jungfernhof, ebenso 1943 die Zwillinge Irma und Paula. Tochter Recha gilt als verschollen und lediglich Sohn Josef überlebte in Auschwitz.

Christel konnte nach ihrer Ausbildung ab Oktober 1946 im Kindergarten des Neusser Herz-Jesu-Krankenhauses, Promenadenstraße 43, arbeiten. In 1947 wechselte sie zum Reuschenberger Kindergarten, der unweit der Volksschule St. Elisabeth gebaut worden war. Durch die intensive Ausbildung in Hauswirtschaft und Kinderpflege wurde sie also bestens für ihre künftige Rolle als Ehefrau und Mutter fit gemacht. Alles, was sie so im Laufe der Zeit erlernte, konnte sie bei ihrem späteren Sohn, also bei mir, ausprobieren.

Aber erst einmal brauchte sie einen Mann, der als Vater für den gemeinsamen Nachwuchs mitwirkte. Der war auch schon im Anmarsch. Heinz Beger befand sich gerade an Bord eines englischen Truppentransporters auf seiner unfreiwilligen Weltreise von Argentinien, wo er während des Krieges interniert war, nach Hamburg. Unfreiwillig, weil er viel lieber im warmen Argentinien geblieben wäre, als ins kalte und zerstörte Deutschland zurückzukehren. Im argentinischen Buenos Aires hatte er über das Rote Kreuz die Gelegenheit genutzt, seine ersparten Peso in englische Pfund einzutauschen. Auf dem Transporter konnte er dafür Zigaretten, Pfeifentabak, Schokolade, Seife und andere Artikel kaufen, die im zerbombten Deutschland auch für viel Geld fast nicht zu haben waren. Während der Überfahrt rauchte er englischen tropenverpackten Tabak. Der war so feucht, dass man für eine Pfeife fast eine ganze Streichholzschachtel benötigte, und so stark, dass er nur im Liegen zu genießen war. Als die Heimkehrer im letzten Teil der Reise die Unterelbe hinauf fuhren, bekamen sie von der Zerstörung in Deutschland, die sie in den Wochenschauen gesehen hatten, noch nicht viel mit. Je näher sie jedoch dem Hafen kamen, desto deutlicher sahen sie die Auswirkungen der Bombenangriffe. Im Dunklen war Hamburg eine Geisterstadt, da kaum ein Licht brannte.

Heinz hatte den Plan entwickelt, nach seiner Entlassung aus der Kriegsmarine in Hamburg beim Zoll oder bei der Wasserschutzpolizei eine Beschäftigung zu finden. Aber daraus wurde nichts. Da es für die einheimische Bevölkerung nicht genügend Wohnraum gab, bestand für einen Fremden überhaupt keine Möglichkeit, eine Zuzugsgenehmigung zu erhalten. In seine sächsische Heimat wollte er nicht mehr zurück, denn sie lag in der sowjetisch besetzten Zone. So war er einem Kameraden dankbar, als dieser den Vorschlag machte, Heinz solle ihn zu seiner Familie in Neuss begleiten. Dort gäbe es bestimmt auch Arbeit. Bis dahin sollte es aber noch etwas dauern. Nach der Ankunft in Hamburg ging es am nächsten Tag mit dem Güterwaggon weiter. Es wurde Marschverpflegung ausgeteilt, die für 3 Tage reichen musste, was aber niemand wusste und womit angesichts der überschaubaren Mengen auch niemand rechnete. So endete die Zugfahrt mit leerem Magen und großem Unbehagen auf dem Truppenübungsplatz Munster in Niedersachsen. Die Engländer nutzten diesen Übungsplatz als Entlassungslager für kriegsgefangene Soldaten der Wehrmacht. Insgesamt wurden hier und im benachbarten Lager Breloh 1,7 Millionen deutsche Soldaten aufgenommen, bevor sie in ihre Heimat entlassen wurden. Über Lautsprecher wurden die gefangenen deutschen Soldaten aufgefordert, bei der Registrierung sämtliche Devisen abzugeben. Bei Nichtbefolgung drohte Gefängnis bis zu 3 Jahren. Heinz verlor auf diesem Wege seine Ersparnisse, etwas mehr als 200 englische Pfund, was damals in Deutschland ein kleines Vermögen war. Zum Glück hatte Vielraucher Heinz einen Teil seiner eisernen Reserven in Zigaretten angelegt. Diese ließen die Engländer ungeschoren. Er konnte sie in den folgenden Wochen im Kriegsgefangenenlager gut gegen Lebensmittel eintauschen, denn die Rationen waren zu wenig um zu leben und zu viel um zu sterben. Die Zeit im Munsterlager war die deprimierendste und langweiligste in seinem Militärleben. Es gab nichts zu tun und man gammelte nur so vor sich hin. Ende April 1946 hieß es, wer im Westen eine Anschrift hat, wohin er gehen kann, der wird entlassen. Jetzt war Heinz glücklich, dass er die Adresse seines Freundes angeben konnte. Per LKW ging es über Wesel, wo sie noch eine Nacht in einem Gefangenenlager übernachteten, nach Neuss. Hier kam er am 1. Mai 1946 an.

Jetzt war für Heinz der Krieg endgültig zu Ende. Die Eltern eines Kameraden hatten in Neuss, Am Glockhammer, das Nobber, eine gut gehende bürgerliche Traditionsgaststätte, die für ihr Altbier bekannt war. Sie hatten auch Platz, neben Heinz und dem Sohn der Gaststättenbesitzer, noch zwei weitere Kameraden von der „Spee" unterzubringen, die ebenfalls nicht wussten, wohin. Das Personal des Nobber wurde daher weitgehend von Matrosen der ehemals stolzen deutschen Kriegsmarine gestellt. Wohnraum war zu dieser Zeit knapp und Heinz nahm die Gelegenheit gerne wahr, ein Zimmer bei den Eltern einer Kellnerin der Gaststätte anzumieten. Beim Einzug musste er leider feststellen, dass ihm seine sämtlichen verbliebenen Zigaretten, es waren 300 Stück zum Schwarzmarktpreis von 2.400 Reichsmark, gestohlen worden waren. Erst verlor er seine Devisen an die Engländer, jetzt seine Zigaretten an die Kellnerin. Jedenfalls hatte er sie in Verdacht, konnte aber nichts beweisen. Die ganze Situation behagte ihm nicht sonderlich. Das Zimmer wollte er nicht aufgeben, wohl aber die Arbeit in der Gaststätte. Seine Kameraden und er lernten eines Abends einen Mann kennen, der ein kleines Taucherunternehmen betrieb. Er suchte Leute, die ihm halfen, die durch Kriegseinwirkungen gesunkenen Schiffe im Neusser Hafen zu heben. Heinz war doppelt froh, diese Arbeit gefunden zu haben, denn sonst hätte die Gefahr bestanden, dass er im Ruhrbergbau dienstverpflichtet worden wäre. Im Sommer war die Bergungsarbeit gar nicht so schlecht. Es gab Schwerarbeiter-Lebensmittel-Karten, die lagen deutlich über den normalen Tagesrationen von 1.550 Kilokalorien und waren wichtiger als ein hoher Stundenlohn. Als es aber dann allmählich dem Winter entgegen ging, war Heinz bestrebt, eine Arbeitsstelle im Trockenen zu finden. Auch hier brauchte er nicht lange zu suchen. Von Bekannten erfuhr er, dass die International-Harvester-Company, das gleiche Unternehmen, bei dem sein späterer Schwiegervater schon arbeitete, Leute einstellte. Heinz bewarb sich und wurde sofort als Reparaturschlosser angenommen. Den trockenen Arbeitsplatz konnte Heinz sich aber abschminken. In der ersten Zeit bestand die Arbeit darin, die zum großen Teil zerstörten Werkshallen wieder aufzubauen. Bei Regen wurde man dabei von oben bis unten nass und im Winter gab es fast keinen Ort, an dem es warm war.

Die Stimmung im Winter 1946/47 war in allen vier deutschen Besatzungszonen schlecht. Es gab nicht genügend zu essen und eine außergewöhnliche Kältewelle traf auf eine Bevölkerung, die ohne ausreichenden Brennstoff auskommen musste. Die industrielle Produktion kam zum Stillstand. Kohlenzüge wurden geplündert. Der Wert des Geldes sank. Ein Ei kostete 12 Reichsmark, 1 Kilo Kaffee 1100 Reichsmark und 20 Amis, so wurden die amerikanischen Zigaretten genannt, rund 150 Reichsmark.

Die Sache mit den Kohlenzügen hat eine besondere Geschichte. Für die Rechtfertigung von Kohleklau aus Eisenbahnzügen für den eigenen Bedarf, auch fringsen genannt, wurde der Kölner Erzbischof Josef Kardinal Frings bemüht. Dieser in der Bevölkerung beliebte Kirchenmann hatte das „Organisieren von Briketts für den eigenen Ofen und das Entwenden von Gemüse vom Acker" in seiner Silvesterpredigt 1946 thematisiert. In der St. Engelbert Kirche in Köln-Riehl sagte er: *Wir leben in Zeiten, da in der Not auch der Einzelne das wird nehmen dürfen, was er zur Erhaltung seines Lebens und seiner Gesundheit notwendig hat, wenn er es auf andere Weise, durch seine Arbeit oder durch Bitten, nicht erlangen kann. Aber ich glaube, dass in vielen Fällen weit darüber hinausgegangen worden ist. Und da gibt es nur einen Weg: Unverzüglich unrechtes Gut zurückzugeben.* Von der Bevölkerung wurde allerdings nur der erste Teil seiner Worte wahrgenommen. Dass es dem Kardinal vielmehr darum ging, an das Unrechtsbewusstsein der Menschen zu appellieren, ist weitgehend untergegangen. Nur der erste Satz ging wie ein Lauffeuer durchs Land. Und der "Klüttenklau" , so wurden im Rheinland die Briketts genannt, nahm überbordende Ausmaße an. Nun wurden nicht

mehr nur für den eigenen Bedarf ein paar Briketts von Kohlen-
waggons entwendet, selbst wenn nur ein mit Kohle beladener
Lastwagen auf der Straße anhielt, wurde er regelrecht geplündert. Die britische Besatzungsmacht wollte Frings wegen seiner Predigt zur Rede stellen; seine Einbestellung durch die Mi-
litärregierung für die Nordrheinprovinz am 17. Januar 1947 im
Düsseldorfer Stahlhof ging für ihn aber glimpflich aus, weil der
Wirtschaftsdezernent Ashbury aufgehalten worden war. Nach
15 Minuten des Wartens ging Frings wieder. Am 2. Mai 1947
erwog die britische Militärführung im Rheinland, Frings poli-
zeilich vorführen zu lassen, um ihn dazu zu bringen, seine
Worte gegenüber der Bevölkerung klarzustellen, doch man
ließ davon ab, weil die Befürchtung bestand, dass diese als
"Verhaftung" missverständliche Aktion die überwiegend katholische Bevölkerung des Rheinlands gegen die britische Besatzungsmacht aufbringen könnte.

Für Heinz vergingen Wochen und Monate im eintönigen
Trott, bis er wieder einmal mit der Straßenbahn von der Arbeit
bei Harvester zu seinem Zimmer fuhr, welches in der Bergheimer Straße, einer Ausfallstraße von der Neusser Innenstadt
zum Ortsteil Reuschenberg, lag. Die meisten Fahrgäste kannte
er mittlerweile. Es waren Kollegen und Arbeiter von anderen
Firmen, die nach Schichtende ebenfalls nach Hause fuhren.
Eine junge Frau, die er bisher nicht gesehen hatte, fiel ihm auf.
Er sprach sie nicht nur an, er fuhr auch einige Stationen weiter, bis sie ausstieg. Jedenfalls hatte er hierdurch Zeit gewonnen und diese genutzt, sich mit ihr für den übernächsten Tag
zu verabreden. Die junge Frau hieß Christel Beger und machte
offenbar mächtig Eindruck auf Heinz. Er hatte sich auf der Stelle in sie verliebt und die Geschichte nahm ihren Lauf. Eine
Rückkehr nach Argentinien, ins warme gelobte Land, wo Wein
und Honig flossen und wo schwarzhaarige Mädchen mit fun-
kelnden Augen und wiegenden Hüften lebten, war für Heinz
stets eine Option gewesen. Dieser Vorsatz, bei nächster Gelegenheit auszuwandern, wieder zurück nach Argentinien zu ge-

hen, geriet nun sehr ins Wanken. Christel tat das ihrige, um seine Entscheidung zu ihren Gunsten zu beeinflussen. Heinz sah nun seine Zukunft zusammen mit Christel. Vorher mussten sich aber noch Christels Eltern an den schlanken jungen Mann mit sächsischen Akzent und riesigem Appetit gewöhnen. Beim ersten Besuch bei Christels Eltern luden diese ihn nichtsahnend zum Abendessen ein. Es gab Reibekuchen mit Rübenkraut. Die eher aus Höflichkeit gestellte Frage, ob er denn noch etwas nehmen wolle, beantwortete er zum wiederholten Male mit *ja, gerne*. Irgendwann im Laufe des Abends wurde Heinz dann doch klar, dass er sich entscheiden musste. Für noch mehr Reibekuchen oder für Christel. Die künftigen Schwiegereltern haben die Plünderung ihrer Vorräte, die noch für den Folgetag reichen sollten, mit gebremstem Humor überstanden. Christels Abendessen fiel am nächsten Tag etwas bescheidener aus.

Die kritische Ernährungssituation hatte sich nach dem Winter 1946/47, dem härtesten seit Menschengedenken, zu Beginn des Jahres 1948 im gesamten Land verschärft. Die Lebensmittelrationen lagen zwischen täglich 1.185 Kalorien in Schleswig-Holstein und 1.400 in Württemberg für Normalverbraucher, Schwerarbeiter im Ruhrgebiet erhielten 4.000 Kalorien. Nach Hungerdemonstrationen und Streiks der Arbeiter erklärten die alliierten Behörden der Bizone, die Verantwortung liege bei den deutschen Stellen, die unfähig seien, die Lebensmittelverteilung richtig zu organisieren.

Ostern 1948 – nur drei Monate nachdem Heinz Christel kennenlernte – war Verlobung. Heinz war es gelungen, echt goldene Verlobungsringe zu organisieren. Auf dem Schwarzmarkt kosteten ihn die einige Pfund Kaffee und mehrere Paar Damenstrümpfe. Die Verlobungsfeier selbst fiel dagegen bescheiden aus. Jetzt wollte Heinz seinen Eltern in Sachsen seine Verlobte vorstellen, zumal er Weihnachten 1938 das letzte Mal zu Hause war. Die ansonsten sehr ängstlichen Eltern von

Christel stimmten dieser Fahrt in das sowjetische Herrschaftsgebiet schweren Herzens zu. Vielleicht hatten sie ja noch in Erinnerung, dass ein voriger Bewerber um die Gunst Christels, Josef Körfer, ein schneidiger ehemaliger Offizier der Luftwaffe, einige Monate zuvor ein weniger gefährliches Ansinnen stellte. Er wollte mit Christel den Jahreswechsel 1946/47 bei Freunden in den bayerischen Alpen verbringen. Dies erlaubten die sittenstrengen Mama und Papa Königs jedoch nicht und die Beziehung war beendet. Bei Heinz waren Christels Eltern also gnädiger, schließlich waren sie ja auch verlobt. Heinz besorgte die erforderlichen Einreisepapiere und im Juni 1948 ging es mit dem Zug nach Großenhain in Sachsen. Damals war es eine beschwerliche Reise, die volle zwei Tage dauerte. Das junge Paar wohnte bei Fritz, dem Bruder von Heinz. Heinz war froh, seine Heimat wieder gesehen zu haben, beide waren aber noch froher, als es wieder zurück ging. Die gedrückte Stimmung in der sowjetischen Besatzungszone, die schlechte Versorgungslage, die politische Gängelei und die unzureichenden Verkehrsverbindungen mit langen Zughaltezeiten und so manchem Totalausfall machten die Hin- und Rückreise zu einer besonderen Strapaze.

Das junge Paar kam zwar nach ihrer ersten gemeinsamen Reise völlig erschöpft zurück, wurde aber mit einer sehr erfreulichen Nachricht empfangen. Die alte Reichsmark wurde am 20. Juni 1948 durch die neue D-Mark abgelöst. Pro Nase gab es blitzblanke neue 40 DM. Spareinlagen und Guthaben wurden im offiziellen Verhältnis 1 : 10 abgewertet. Die Währungsreform wurde schon lange erwartet, nur der Zeitpunkt war noch unklar. Der Verfall der deutschen Reichsmark in den vergangen Monaten und Jahren war offensichtlich und erzwang eine Neuordnung. Der offizielle Kurs der Reichsmark vor der Währungsreform lag bei 1 RM zu 0,30 Dollar, inoffiziell war die Reichsmark jedoch nur 0,01 Dollar wert. Der Zeitpunkt und das Prozedere der Währungsreform wurde alleine von den Amerikanern bestimmt. Heinz Erhard, der erste Wirtschaftsminister der Bundesrepublik Deutschland, wird zwar allgemein für seine Mitwirkung gerühmt. Er hatte jedoch auf diesen Währungsschnitt ebenso keinen Einfluss, wie die deutsche Expertengruppe, die 7 Wochen lang in Form eines Konklaves Vorschläge erarbeitete. Deren Ergebnisse wurden vollständig ignoriert.

Jetzt lohnte sich die Arbeit wieder. Plötzlich über Nacht waren die Schaufenster der Geschäfte prall gefüllt. Heinz arbeitete viel, um für die Hochzeit zu sparen. Die beste Gelegenheit hierzu bot ihm die Neusser Nudel- und Stärkefabrik Pet. Jos. Schram, bei der er im November 1948 die Arbeit begann. Der normale Stundenlohn ohne Zuschläge lag bei 1,10 DM. Hier gab es einen weiteren Vorteil: Jeden Tag zum Mittagessen kostenlos Nudeln bis zum Abwinken. Eine kleine Entlastung für den Geldbeutel. Heinz konnte zwar nach kurzer Zeit keine Nudeln mehr sehen, hatte aber das Geld für die Hochzeit schnell zusammen. Am 7.6.1949, einem vergleichsweise kühlen Tag nach Pfingsten, wurden Christel und er auf dem Standesamt in Neuss getraut. Die kirchliche Trauung durch Pfarrer Heinrich folgte am 11. August des gleichen Jahres in der Elisabeth-Kirche in Neuss-Reuschenberg. Bis dahin hatte Heinz noch sein Zimmer auf der Bergheimer Straße. Jetzt zog er zu Ehefrau und Schwiegereltern in die Enzianstraße 22. Das gemeinsame Glück wurde nur dadurch etwas getrübt, dass Heinz seine Arbeitsstelle in der Nudelfabrik verlor. Dieser einst größte Teigwarenhersteller Deutschlands hatte wirtschaftliche Probleme und sollte später in 1963 die Produktion vollständig einstellen. Aber Heinz war nicht untätig. Jeden Tag setzte er sich aufs Fahrrad, welches ihm Christel zum ersten gemeinsamen Weihnachtsfest geschenkt hatte und suchte systematisch die Umgebung von Neuss nach Arbeit ab. Nach gut einem Monat der Suche, während der er ein Arbeitslosengeld von 28,50 DM wöchentlich bezog, wurde er bei der Firma Stahlschmidt & Co. KG in Düsseldorf-Heerdt fündig. Sie stellte ihn am 26.4.1950 als Werkzeugschleifer ein. Stahlschmidt war ein Unternehmen der metallverarbeitenden Industrie, deren Erzeugnisse durch den am 8.6.1950 ausgebrochenen Koreakrieg weltweit stark nachgefragt wurden. Dies hatte zur Folge, dass in 1950 die Bundesrepublik Deutschland erstmals mehr exportierte als importierte. Das viel beschriebene Wirtschaftswunder der jungen westdeutschen Republik war gestartet. Die Versorgungslage hatte sich deutlich verbessert, so dass mit der Aufhebung der Rationierung von Zucker am 31.3.1950 auch die Lebensmittelkarten verschwunden waren.

Kapitel 3: Die ersten Lebensjahre

Heinz arbeitete im Akkord und nahm jede Gelegenheit, Überstunden zu machen, wahr. Aus gutem Grund. Von dem Haushaltsgeld mussten bald drei hungrige Mäuler gestopft werden. Am 3. Oktober 1950 wurde aus dem jungen Paar eine Familie, Gernot wurde im Haus der Großeltern geboren, ich kam zur Welt. Reuschenberg zählte durch mich nunmehr exakt 4.406 Einwohner. Es war meine Mutter, die diesen altgermanischen Namen Gernot aus der Nibelungensage wiederbelebte. Was sie sich dabei dachte, ist mir völlig unklar. Schließlich ist die ganze Geschichte ein unheilvolles Drama, in dem Gernot eine wenig ruhmreiche Rolle im Umfeld von Meuchelmördern spielte. Hätte ich später Brüder gehabt, würden diese wahrscheinlich Gunther und Giselher heißen. Schon Pfarrer Doppelfeld, der mich taufen sollte, hatte damit seine Probleme. *Gibt es denn überhaupt einen Heiligen mit diesem Namen?*, fragte er meine Mutter. Kleinlaut konnte sie dies nur verneinen. *Dann machen sie halt einen draus*, bekam sie als Antwort zu hören. Ich will nicht vorweg greifen, aber dies scheint meiner Mutter nicht so ganz gelungen zu sein. Ich war der kleine Prinz und wurde entsprechend behandelt. Wenn ich die Muttermilch bis zur Erschöpfung aufgesogen hatte und nach einem zufriedenem Bäuerchen meinen Mittagsschlaf hielt, wurde die Schelle der Haustür abgeschaltet, damit ich in Ruhe träumen und meine Windeln vollscheißen konnte. Das Radio wurde leise gestellt und laute Gespräche wurden vom Hausherrn, Opa Franz, untersagt.

Der Korea-Konflikt entwickelte unterdessen das Potential, zu einem Dritten Weltkrieg auszuarten. Nach deutlichen Erfolgen der Nordkoreaner und Chinesen, die unter anderem die südkoreanische Hauptstadt Seoul einnahmen, überlegte das amerikanische Militär den Einsatz von Atombomben. Schließlich verlagerten sich die Erfolge von den Nordkoreanern und Chinesen auf die Amerikaner und ihre Verbündeten. Die Offensive der Kommunisten wurde im Februar 1951 gestoppt, nachdem die US-Luftwaffe verheerende Luftangriffe auf Nachschubwege und zivile Einrichtungen des Nordens flog. US-Militär und UN-Einheiten konnten erstmals kleine Territorialgewinne verzeichnen. Bis zum Waffenstillstand am 27.7.1953 wurden noch verbissene Gefechte mit hohen Verlusten auf beiden Seiten geführt. Die Amerikaner verzeichneten 24.119 Tote, die Verluste der UN-Einheiten werden auf 94.000 geschätzt, die der Kommunisten auf 1,34 Millionen.

Weniger spektakulär, aber unter strengsten Sicherheitsvorkehrungen wurden in 1952 mit dem neugegründeten Staat Israel Verhandlungen über deutsche Wiedergutmachungszahlungen geführt. Sie fanden am 27.8.1952 im Luxemburger Stadthaus ihren Abschluss. Die Unterzeichnung des Vertrages wenige Tage später am 10.9.1952 erfolgte in kühler Atmosphäre. Die Bundesrepublik stellte in dem Vertrag drei Milliarden DM als Entschädigung für die Opfer des Nationalsozialismus bereit. Die Summe sollte, verteilt über zwölf Jahre, in Form von Waren und Dienstleistungen von Israel aus der Bundesrepublik abgerufen werden. Die Vereinbarung wurde natürlich kontrovers diskutiert und ist schon als ein kleines Wunder zu bezeichnen, dass sie überhaupt zustande kam. Die junge Bundesrepublik Deutschland hatte sich zwar vom Nationalsozialismus losgesagt, Antisemitismus und nationalsozialistisches Gedankengut waren aber in der deutschen Bevölkerung immer noch weit verbreitet. Nach einer in 1952 von Amerikanern durchgeführten Umfrage waren 44 Prozent aller Deutschen der Meinung, dass der Nationalsozialismus mehr Gutes als Schlechtes gebracht habe. Der damalige Bundeskanzler Konrad Adenauer bestritt in einer Stellungnahme das Ergebnis nicht, sondern fragte nur, welchen Zweck die Publikation verfolge. Ein Beispiel dafür, dass in hohen Regierungsbehörden der jungen Bundesrepublik Deutschland zahlreiche ehemalige Nazis saßen, lieferte am 17.3.1952 eine Sendung des Bayerischen Rundfunks. Dieser Radiobeitrag kritisierte scharf die

Personalpolitik des im Aufbau begriffenen Auswärtigen Amtes. Zum allergrößten Teil wurden dieser Sendung zufolge die Beamten des neuen Außenministeriums aus dem Personal des Nationalsozialistischen Außenamtes rekrutiert, so auch der Personalchef selbst, das ehemalige NSDAP-Mitglied Herbert Dittmann. Im Einzelnen wurde festgestellt, dass von 19 leitenden Beamten der Personalabteilung 14 der NSDAP und 18 dem alten Auswärtigen Amt angehörten und dass sämtliche zehn Referatsleiter der politischen Abteilung Parteimitglieder und Ribbentropmitarbeiter waren.

Der Volkswagen, der bereits 1936 groß angekündigt wurde, lief Anfang der fünfziger Jahre in Wolfsburg endlich vom Band. Der Preis lag zwar nicht bei 990 Reichsmark, wie von Adolf Hitler seinerzeit angekündigt, sondern war deutlich höher. Allerdings – dies ist heute kaum vorstellbar – wurde der Preis im Januar 1953 wegen der großen Nachfrage von 4.400 auf 4.200 DM gesenkt. Bei einer Lieferzeit von 6 Monaten würde man heute eher an eine Preissteigerung denken. Etwas billiger waren die ersten Fernseher, die Ende 1952 auf den Markt kamen. Sie kosteten 1.150 DM und fanden bis zur ersten Programmausstrahlung am 1. Weihnachtstag des Jahres 1952 rund 4.000 Käufer. Dem Feiertag entsprechend, bestand das Programm vor allem aus Weihnachtsliedern und „Grüßen aus aller Welt". Genau nach einer Stunde und 58 Minuten war die erste Übertragung beendet. Am 26.12.1952 wurde auch zum ersten Mal die Tagesschau gesendet, die dreimal wöchentlich zu sehen war. Der Empfang des Fernsehprogramms beschränkte sich vorerst auf die Zeit von 20.00 bis 22.00 Uhr und war zudem nur in Norddeutschland und Berlin möglich. Schlimmer noch war für die westdeutschen Fernsehmacher, dass die DDR ebenfalls ein Fernsehprogramm gestartet hatte – und dies volle vier Tage früher, am 21.12.1952, als in der Bundesrepublik.

Weder ein preisreduzierter Volkswagen, noch ein erheblich preisgünstigerer Fernseher war für meinen Vater erschwinglich. Seit dem 16.1.1954 hatte er ein weiteres Familienmitglied zu ernähren. Meine neugeborene Schwester Angelika. Da mir als Vierjährigem der Name Angelika zu lang und kompliziert war, nannte ich sie kurzerhand Agi. Offenbar fanden dies auch andere praktischer, denn nach kurzer Zeit wurde nur noch von Agi gesprochen. Ein Nachteil für mich blieb jedoch. Es war ein Mädchen, mit dem ich anfangs praktisch nichts anfangen konnte. Dafür hatte es aber schon früh die Gabe, die Aufmerksamkeit auf sich zu lenken. Ich tat das, was man in solchen Fällen am besten machen kann. Den Störenfried gar nicht beachten.

Im Herbst 1954 besuchten uns erstmalig die Mutter meines Vaters und sein Bruder Fritz. Es war der erste und einzige Besuch meiner Oma aus Sachsen in Westdeutschland. Als sie von der anstrengenden Reise nach Großenhain in Sachsen zurückkam, legte sie sich krank ins Bett und starb am 21.10.1954 an Darmkrebs. Natürlich wollte mein Vater bei ihrer Beerdigung anwesend sein. Er bekam auch die Aufenthaltsgenehmigung mit dem Telegramm, welches ihm sein Bruder Fritz schickte. Aber – auf diesen feinen Unterschied muss man erst kommen – die behördliche Erlaubnis, in die DDR einreisen zu können, war damit nicht verbunden. Leider erkannte mein Vater diese Spitzfindigkeit nicht, als er sich in den Zug nach Dresden setzte. Die Folge war, dass ihn die DDR-Grenzsoldaten aus dem Zug holten und ihn wie einen Spion behandelten, da er die Grenzen der Deutschen Demokratischen Republik verletzt hatte. Er musste peinliche Fragen über sich ergehen lassen und warten und nochmals warten, bis die telegrafische Einreiseerlaubnis am Grenzbahnhof eintraf. Erst dann konnte er weiterfahren. Mit Mühe und Not kam mein Vater gerade noch rechtzeitig zur Beerdigung. Er blieb nur wenige Tage und nahm sich vor, unter diesen schikanösen Bedingungen nie mehr nach Sachsen zu fahren.

Es war die Zeit des Kalten Krieges. Ost und West standen sich unversöhnlich gegenüber. Der Korea-Konflikt war zwar beendet, aber das Wettrüsten ging unverändert weiter. Im Mai 1955 trat die Bundesrepublik Deutschland der NATO, dem transatlantischen Verteidigungsbündnis, bei und die osteuropäischen Staaten gründeten unter der Vorherrschaft der Sowjetunion als Gegenstück den Warschauer Pakt. Die Sowjets arbeiteten unter strengster Geheimhaltung an einer einsatzfähigen Wasserstoffbombe. Sie sollten die Amerikaner und ihre Verbündeten damit am 22.11.1955 überraschen. Den sowjetischen Wissenschaftlern gelang die Explosion der bisher stärksten Wasserstoffbombe in großer Höhe über Sibirien. Die Amerikaner hatten ihre Wasserstoffbombenexperimente bisher nur am Boden ausgeführt, da ihre Bombenversion mit einem Gewicht von über 60 Tonnen kaum transportabel war. Die Nachricht von der Explosion löst in der westlichen Welt einen Schock aus.

Zunächst mussten meine Eltern einen Schock im eigenen Umfeld verdauen. Im März 1955 wurde bei meinem Vater durch eine Reihenuntersuchung im Betrieb eine Lungen-Tbc festgestellt. Er kam zunächst einige Wochen ins Lukas-Krankenhaus in Neuss und dann Mitte Juli 1955 bis kurz vor Weihnachten des gleichen Jahres in die 1906 erbaute Lungenheilstätte in Leichlingen-Roderbirken. Für meine Eltern war das eine schwere Zeit. Heinz hatte viel Langeweile und wenig Geld. Sein Budget betrug ganze 15,50 DM monatlich. Das war selbst für meinen sparsamen Vater eine sportliche Vorgabe, die er nicht immer schaffte. Zweimal schickte ihm Christel einen Fünf-DM-Schein mit der Post, damit er das Porto der Briefe von 22 Pfennig, die Heinz schrieb, aufbringen und sich auch mal ein Bier leisten konnte. Heinz hatte nämlich in dem Bestreben, unnötige Kosten zu vermeiden, einige Briefe an Christel gesammelt und dann einem Freund oder einem anderen Besucher aus Neuss portofrei mitgegeben, was meine Mutter wegen der Zeitverzögerung natürlich bemängelte.

Als Christel ihm zu den wenigen Besuchen eine Flasche Wein mitbrachte, teilte Heinz sich diese sehr genau ein und trank jeden Abend nur ein halbes Glas. Aber auch für Christel war das eine schwere Zeit. Sie musste jetzt 9 Monate mit dem wenigen Krankengeld auskommen und hatte die Strapazen mit der Fahrerei, meinen Vater zu besuchen. Ich fand die Fahrten nach Leichlingen eher abwechslungsreich. In der riesigen Heilstätte waren meine Eltern intensiv mit sich selbst beschäftigt, so dass ich dann als fast 5-jähriger, der sich stets in umwachter Obhut bewegte, ungehindert und unkontrolliert Streifzüge in die umgebende reizvolle Landschaft unternehmen konnte. An einem Sonntagnachmittag war ich für Stunden spurlos verschwunden und nicht aufzufinden. Christel malte sich schon Schreckensszenarien aus, wie sie ohne mich zurückkehrte und ihren Eltern meinen Verbleib erklären sollte. Aber aufmerksame Sonntagsausflügler wurden in dem nahegelegenen Wald auf mich aufmerksam und retteten mich. So konnte eine geordnete Rückfahrt nach Neuss mit Bus und Bahn angetreten werden.

Meine Mutter und ich besuchten meinen Vater aber nicht jedes Wochenende. Das war zu teuer. Also schrieb mein Vater alle paar Tage einen Brief, manchmal auch nur eine Postkarte, die nach dem Lesen allesamt in einen großen Schuhkarton wanderten. Ich fand das recht verschwenderisch. So viel Post nur für eine Person! Eines Vormittags nahm ich den Schuhkarton unter den Arm, setzte die Schirmmütze von Opa auf und verteilte die gesamte aufgelaufene Post möglichst gerecht an die Anwohner in den umliegenden Straßen. Alleinstehende erhielten nur eine Postkarte, Familien dagegen richtige Briefe. Die Wirkung blieb nicht aus. Frau Andrießen, die Nachbarin gegenüber, schellte als erste an der Haustür meiner Eltern und meinte, der Postbote habe sich wohl vertan. Die Karte sei versehentlich bei ihr gelandet. Meine Mutter brauchte nur wenige Schrecksekunden, bis sie die Situation überblickte. Mit lauter Stimme stellte sie mich zur Rede und lief dann mit hochrotem Kopf die Nachbarschaft ab, um zu retten, was noch zu retten war.

Meinen Vater sah ich in dieser Zeit wenig. Zuerst war er lange im Sanatorium und danach arbeitete er im Schichtdienst und machte viele Überstunden. Entweder war er nicht da oder er schlief zu Hause. Er gönnte sich erst in 1956 etwas Abwechslung und wurde Mitglied in der St. Hubertus-Schützengesellschaft in Neuss-Reuschenberg. Mehr hatte ich deswegen von meinem Vater aber nicht. Es gab regelmäßige Versammlungen, Kegelabende und Vereinsschießen, die es meinem Vater unmöglich machten, sich viel um mich zu kümmern. Wenn er zu Hause war, musste er Schlaf nachholen. Ein Schlafproblem hatte auch meine Mutter. Ihre Mutter, Maria, erkrankte an Krebs und wurde bettlägerig. Für einige Monate musste sie Tag und Nacht intensiv von meiner Mutter gepflegt werden. Sie hatte eine schwere Zeit, tagsüber zwei kleine Kinder und zwei erwachsene Männer zu versorgen und nachts eine kranke Frau. Als Großmutter am 3.11.1956 starb, war dies für alle eine Erleichterung.

Eine der engsten Freundinnen meiner Mutter war Hilde Müller. Sie wohnte mit ihrem Mann Willi und den Kindern Lothar, Norman und Birgit in der Eibischstraße. Lothar war genau ein Jahr älter als ich und wir kennen uns, seitdem wir denken können. Die Eibischstraße ist eine Querstraße der Enzianstraße und die Müllers wohnten nur wenige Meter von uns entfernt. Das war praktisch für Lothar und mich, wenn da nicht diese verdammte Straßenecke gewesen wäre. In dem Eckhaus von der Enzianstraße zur Eibischstraße lebte die Familie Pautner. Ich wusste ziemlich wenig über sie, aber das wenige reichte mir schon. Es gab vier Pautner-Kinder, das eine aggressiver als das andere. Die Straßenecke war ihr Revier. Hier kam niemand durch, den die Pautner-Kinder nicht mochten. Und mich mochten sie nicht. Keine Ahnung warum. Dabei hatte ich wegen meiner hoch aufgeschossenen Gestalt auch noch das Vergnügen, dass sich die etwa 2 bis 3 Jahre älteren Paut-ner-Kinder um mich besonders intensiv kümmerten. Wenn ich den richtigen Zeitpunkt, um zu Lothar zu kommen, verpasste, erging es mir schlecht. Sie warteten, bis ich auf ihrer Höhe war, kamen dann aus der Deckung hervor und fragten: *Na, willst du Prügel haben?* Was soll man auf eine solch klare Frage antworten? Ein: *Nein, danke, hatte ich gestern schon an dieser Stelle* oder *ich will hier nur durch und bin gleich wieder weg* nutzte überhaupt nichts. Egal, was man sagte oder nicht sagte, es gab ein paar Fußtritte oder Rempeleien. Dann war die Sache aber auch erledigt. Sie setzten nicht nach und lauerten einem auch an anderer Stelle nicht auf. So gesehen waren sie verlässliche und gewissermaßen faire Straßenstrolche. Dieses Hindernis hat mich auch nie davon abgehalten, meinen Freund Lothar zu besuchen. Auch mit Lothar zusammen kam mir nie der Gedanke, die offene Feldschlacht zu suchen. Zu kampfunerprobt waren wir und zu durchtrieben der überlegende Gegner. Am meisten ärgerte mich bei dieser Geschichte meine Angst, mal meine Fäuste einzusetzen, denn von der Körpergröße her war ich sogar den ältesten Pautner-Kindern überlegen.

In der großen Politik ging es nicht viel anders zu. Der Kalte Krieg zwischen Ost und West förderte das Wettrüsten. Die Russen hatten hierbei die Nase vorn und stellten am 26.8.1957 nach der Wasserstoffbombe eine neue Superwaffe vor. Die sowjetische Nachrichtenagentur TASS gab bekannt, dass der erste Test einer Interkontinentalrakete geglückt sei. Die neue Waffe hatte eine Reichweite von mehr als 5.000 Kilometern und näherte sich ihrem Ziel mit einer Geschwindigkeit von 22.000 Stundenkilometern in einer Höhe von 1.000 Kilometern. Sowjetische Militärs verkündeten stolz, dass sie nunmehr über einen Träger atomarer Sprengköpfe verfügten, der praktisch nicht mehr verwundbar sei, da bei einer Flugstrecke von 300 Kilometern nur noch 50 Sekunden bis zum Einschlag verblieben. Außerdem sei sie auch durch die hohe Geschwindigkeit so gut wie unverwundbar. Zudem verfüge sie über eine hohe Treffsicherheit. Amerikanische Militärexperten reagierten mit großer Besorgnis auf diese Nachricht. Es zeigte sich, dass die Sowjets in dem wichtigsten militärtechnologischen Bereich den Amerikanern deutlich voraus waren, da die mit großem Aufwand angekündigte amerikanische Rakete bei ihrem ersten Versuch am 12.6.1957 kläglich versagt hatte. Noch größer war vornehmlich bei den Amerikanern das Entsetzen, als wenige Wochen später, am 4.10.1957, der erfolgreiche Start des Sputniks gemeldet wurde. Die Nachricht schlug in den westlichen Ländern wie eine Bombe ein. Zum ersten Mal hatten damit Menschen einen Flugkörper gestartet, der außerhalb der Erdatmosphäre als künstlicher Satellit eine Kreisbahn um unseren Planeten drehte. Fünf Wochen später, am 3.11.1957, setzten die Russen noch einen drauf. Sie schossen einen zweiten Sputnik mit der Hündin Laika ins All. Das Debakel für die Amerikaner steigerte sich noch, als deren Antwort auf die erfolgreichen Sputniks fehl schlug. Obwohl der erste amerikanische Satellit nur ein Gewicht von etwa 2 Kilogramm hatte, Sputnik II wog dagegen eine halbe Tonne, erreichte die amerikanische Dreistufenrakete „Vanguard" am 6.12.1957 nur eine Höhe von einigen Metern, kippte um und explodierte. In der amerikanischen Öffentlichkeit wurde dieser misslungene Start als katastrophale Blamage empfunden.

Eine Niederlage ganz anderer Art empfanden mein Vater Heinz, mein Opa Franz, Lothars Vater Willi und die gesamte Sozialdemokratische Partei Deutschlands, der sie bei jeder Wahl ihre Stimme gegeben hatten. Bei der Bundestagswahl am 15.9.1957 verlor die SPD ebenso unerwartet wie grandios. Die CDU/CSU mit ihrem Bundeskanzler Konrad Adenauer erreichte die absolute Mehrheit sowohl der Stimmen als auch der Mandate im neuen Parlament.

Kapital 4: Schulzeit

Lothar war nicht nur mein bester Freund. Genau genommen war er auch der Einzige, den ich hatte. Die Kinder in der unmittelbaren Nachbarschaft waren meiner Mutter zu suspekt, die Eltern auch, trotzdem pflegte sie mit ihnen einen normalen nachbarschaftlichen Kontakt. Nur ich durfte nicht auf die Straße, um mit den Nachbarkindern zu spielen. Ich wurde angehalten, das Grundstück nicht zu verlassen. Ersatzweise konnte ich mich im Garten austoben. Zum Geburtstag erhielt ich ein kleines Dreirad, von dem ich mich kaum trennte. Am 2.10.1957, einen Tag vor meinem 7. Geburtstag, wurde ich in die katholische Elisabeth-Grundschule in Neuss-Reuschenberg eingeschult. Den benachbarten gleichnamigen Kindergarten, in dem meine Mutter gearbeitet hatte, habe ich leider nie kennengelernt. *Das wollte ich dir nicht antun*, war später ihre Begründung, als ich sie deswegen fragte. So bekam ich also auf einen Schlag fast vierzig neue Freunde, so groß war meine erste Schulklasse. Zum Glück waren keine Mädchen dabei, das hätte mich nur anhaltend verlegen gemacht. Meine Mitschüler überragte ich um mindestens einen Kopf. Wenn es nach der Körpergröße gegangen wäre, hätte man mich gleich in die 4. Klasse einschulen müssen. Meine Körperlänge empfand ich als störend und ausgrenzend. Schnell wurde ich dann auch der lange Lulatsch genannt. Klassenlehrerin war Fräulein Korte, eine dunkelhaarige dralle Mittdreißigerin, die uns in sämtlichen Fächern unterrichtete. Auch in Sport. Sie behielt aber ihre normale Kleidung an. Ihr Oberteil war stets bis zum Hals hochgeschlossen und mit einer dicken Brosche gesichert. Die einzige Konzession an den Sportunterricht waren leichte Turnschuhe, da normales Schuhwerk in der Turnhalle verboten war. Im Sommer glänzten ihre Wangen dann warm und rot und ihre nylonbestrumpften Beine ließen mein Jungenherz schneller schlagen. Ich musste, da ich der Längste war, beim Basketball den Tormann spielen. Dabei gibt es beim Basketball überhaupt keinen Tormann, leider war das Fräulein Korte offensichtlich nicht bekannt. Ich wusste jedenfalls nicht, was ich als Tormann machen sollte. So lang war ich auch nicht, dass ich die Bälle vor dem Korb abwehren konnte. Aber ich war viel zu schüchtern, um irgendwelche Einwände zu machen. Die Sitzordnung in der Klasse beim Unterricht war wie im Schauspieltheater. Die Besten, das heißt, diejenigen die die meisten Fleißkärtchen ergatterten, durften in der ersten Reihe sitzen. Der absolute Hit war die Zweier-Sitzbank vorne links. Dann saß man direkt vor dem Pult von Fräulein Korte und durfte sich in ihrer Nähe sonnen. Ganz hinten zu sitzen hatte etwas Demütigendes und wurde nur noch gesteigert von „in der Ecke stehen müssen", wenn man eine freche Antwort gab oder sonst unangenehm auffiel. Und das konnte schnell passieren, denn Fräulein Korte hatte nicht nur einen großen Busen und weibliche Hüften, sondern auch eine gewisse strenge Unnahbarkeit, die durchaus anziehend wirkte und neue, aufregende Gefühle bei mir hervorrief.

Durch den Schulbesuch fühlte ich mich schon fast erwachsen und die Ferien verstärkten dieses Gefühl noch. Ähnlich wie den Berufstätigen in ihrem Arbeitsleben eine Erholungszeit zustand, bei ihnen hieß es Urlaub, stand mir als Schüler eine größere Pause zu, die Ferien hieß. Damit der Erholungswert dieser Ferien gesteigert wurde, verbrachte ich einige Tage bei meiner Tante Rita, die in Düsseldorf auf der Lichtstraße wohnte. Tante Rita war einige Jahre jünger als meine Mutter, sah aus, wie ich mir eine feurige, gut aussehende Zigeunerin mit langen schwarzen Haaren und roten Lippen vorstellte und hatte auch ein solches Temperament. Es waren nahezu perfekte Erholungsferien, denn bei Tante Rita, die selbst noch keine Kinder hatte, war ich der Mittelpunkt. Ihr Ehemann, Ferry Messner, ein kroatischer Ingenieur, der sich Jahre später das Leben nehmen sollte, als Tante Rita ihn verließ, hatte dann das Nachsehen. Alle Wünsche wurden mir von den Augen abgelesen. Vom vielen Eisessen hatte ich nach einigen Tagen Halsschmerzen und die zahlreich erworbenen Mickymaus- und Fix und Foxi-Hefte, die ich zu Hause nicht lesen durfte, stapelten sich.

Wenige Wochen später, die Ferien waren beendet, wachte ich eines Morgens mit geschwollenem Hals auf. Die Kehle schmerzte und ich brauchte nicht zur Schule, sondern ging mit meiner Mutter zu Dr. Karl Orth, dem Hausarzt. Bei geöffnetem Mund musste ich ein lang anhaltendes Aaaaa sagen, während er mit einem Holzstäbchen meinen Gaumen kitzelte. *Der Junge muss die Mandeln raus* war seine knappe Diagnose im rheinischen Akzent. Es dauerte nicht lange und ich wurde ins St. Martinus-Krankenhaus in Holzheim, dem Nachbarort von Neuss-Reuschenberg, eingeliefert. Schwarz gekleidete Nonnen kümmerten sich nun um mich und meine 5 Zimmernachbarn. Ich war der Jüngste, aber beileibe nicht der Kleinste in diesem Krankenzimmer. Die Nonnen waren freundlich, aber auch sehr bestimmend. Mein rechter Nachbar war fast erwachsen, 13 Jahre alt und gerade operiert worden. Die Mandeln und die Polypen waren ihm herausgenommen worden. Er sah mit seinem Kopfverband wie ein Kriegsverletzter aus, konnte nicht sprechen und verhieß mir für meinen Eingriff nichts Gutes. Als ich am anderen Morgen zur OP gefahren wurde, musste ich andauernd an ihn denken. Im Operationsraum stand ein Tisch mit vielen matt glänzenden Pinzetten, Lanzetten und Scheren, die sofort meine Fantasie in unangenehme Bahnen lenkten. Neben dem Tisch befand sich eine Liege. Sie hatte seitwärts und am Fußende Schlaufen, mit denen die Arme und Füße justiert wurden. Damit ich nicht von der Liege falle, wurde mir erklärt. Ein weißhaariger älterer Arzt und zwei Krankenschwestern beugten sich über mich. Letztere nahmen meinen Kopf in ihre Hände und sagten mir, ich solle den Mund weit öffnen. Das Gegenteil tat ich und biss die Zähne kräftig zusammen. Sie konnten noch so liebreizend auf mich einreden, meine Zähne verteidigten tapfer die entzündeten Mandeln. Erst als der Arzt an meinen männlichen Stolz appellierte, mir versprach, dass es nicht schmerzen würde und mir zusätzlich 50 Pfennig für meine Kooperation anbot, öffnet ich meinen Mund. Damit ich ihn auch weiterhin schön offen hielt, setzten die beiden ärztlichen Assistentinnen zuerst schnell eine metallische Halterung, eine Art Maulsperre ein und das Prozedere nahm seinen Lauf. Ich kam mir wie der gefesselte Old Surehand am Marterpfahl der Apachen in dem Buch von Karl May vor, das ich just angefangen hatte zu lesen. Nun, ich überlebte. Allerdings - die versprochenen 50 Pfennig habe ich nie bekommen, geschmerzt hat es wie Sau und die Operation musste später – während meiner Bundeswehrzeit – erneuert werden. Vielleicht stammt meine Skepsis gegenüber Ärzten aus dieser Zeit.

Die Mandeloperation hatte einen kleinen Vorteil. Ich durfte häufiger als sonst ein Eis essen. Mein Weg von und zur Schule führte an der Bäckerei Fredloh vorbei. Das Interessanteste an dieser Bäckerei waren aber nicht ihre herrlichen Hefeteilchen. Nein, neben dem eigentlichen Geschäft gab es einen kleinen Verschlag, in dem Speiseeis verkauft wurde. Wenn um die Mittagszeit der Schulunterricht beendet war, machte ich mich mit großer Vorfreude auf den Weg nach Hause. Seltsamerweise schmerzte dann ganz zufällig meine noch nicht ganz verheilte Operationsnarbe. Es gab nur eine Möglichkeit, den Schmerz zu lindern, ein Eis von Fredloh. Alleine schon die Überlegung, welche Eissorte ich wählen könnte, ließ mir das Wasser im Mund zusammen laufen. Fredloh hatte nämlich eine komfortable Auswahl an Eissorten. Es gab Vanille-, Schokolade- und Erdbeereis, die Kugel für 10 Pfennig. Ich hatte die Qual der Wahl und konnte selbst entscheiden. Nicht lange Zeit zuvor, wenn meine Mutter mir ein Eis spendierte, hatte sie mich regelmäßig reingelegt und mir Sahne statt Eis gekauft. In ihrer mütterlichen Sorge um meine Gesundheit wollte sie vermeiden, dass ich mir den Bauch verkühlte.

Sonntags war der einzige Tag, an dem die drei im Haus lebenden Generationen, Großeltern, meine Eltern sowie meine Schwester Agi und ich, beim Frühstück zusammen saßen.

Dann roch es nach echtem Kaffee, es gab selbstgemachten Weck, einen köstlichen Stuten, der in der Mitte noch so frisch war, dass er klebte und für die Erwachsenen ein Ei, zu dem Schwarzbrot gegessen wurde. Den selbstgebackenen Weck aß mein Vater vorzugsweise mit feiner Leberwurst, die - sorgfältig auf dem Brot aufgetragen - einen gleichmäßigen Belag ergab. Wenn mein Vater dann herzhaft einen großen Bissen nahm, hinterließen seine Zähne eine scharf umrissene Abbisskante, die jedem Zahnarzt als Vorlage für ein künstliches Gebiss gereicht hätte. Meine Mutter rief dann oftmals entsetzt aus: *Heinz, mach deinen Mund nicht so weit auf, das sieht ja aus, als wenn ein Pferd in dein Brot gebissen hätte.* Von meinem Vater bekam ich regelmäßig die Eikippe. Sie war für mich das Markenzeichen für ein gutes Frühstück. Mit ein klein wenig Salz bestreut und zusammen mit einem kleinen Bissen Schwarzbrot und guter Butter gegessen, war die Eikippe das Beste am ganzen Frühstück. Ich malte mir dann schon aus, was ich später, wenn ich groß war, mit einem ganzen Ei anfangen würde. Ähnlich gerne, aber viel häufiger aß ich Haferflocken, oftmals mit meinem Freund Lothar zusammen. Wir bevorzugten beide eine etwas eigenartige Mischung. Die blütenzarten Flocken der Firma Kölln aus ihren hell- und dunkelblauen Packungen wurden mit sehr, sehr wenig gelber fetthaltiger Kondensmilch und moderater Zuckerbeigabe gemischt. Das Ergebnis waren kleine feuchte Knäuel auf einem staubtrockenen Teller mit Köllnflocken. Lothar und ich wetteiferten schon mal, wer den Teller zuerst leer hatte, ohne etwas zu trinken. Es schmeckte hervorragend und war gesund. Das erzählte uns jedenfalls mein Vater: *Esst Haferflocken,* sagte er, *dann werdet ihr so stark wie Brauereipferde.*

In Reuschenberg gab es ein Kino, an dem ich auf dem Schulweg vorbeikam. Es war ein Herzenswunsch von mir, einmal dort einen Fuzzy-Film oder Zorro, der Rächer, oder einen anderen Western zu sehen. Zum Geburtstag bekam ich dann endlich eine Kinokarte geschenkt und war glücklich wie ein

Schneekönig. Ich durfte alleine ins Kino. Allerdings wurde kein Abenteuerfilm gezeigt, sondern das Märchen *Hänsel und Gretel*. Ziemlich enttäuscht ging ich in die Vorstellung und bekam zu allem Überfluss auch noch einen besonders schlechten Platz – so dachte ich jedenfalls – nämlich im Parkett, ganz hinten, zugewiesen. Dabei hätte ich viel lieber in der ersten Reihe gesessen, um alles möglichst deutlich sehen zu können. Von der Größe der Leinwand und insbesondere von der Dramatik des Filmverlaufs war ich viel beeindruckter als es ein noch so spannender Western geschafft hätte. Weder Fuzzy noch Zorro wurden jemals von den eigenen Eltern ausgesetzt, waren dem Verhungern nahe oder mussten sich einer menschenfressenden Hexe erwehren. All dies bot *Hänsel und Gretel*. Die Tränen flossen bei mir in Strömen und einen Teil des Films verbrachte ich auf der Toilette, weil ich das Unglück von *Hänsel und Gretel* nicht mit ansehen konnte. Vom Kino war ich fürs Erste kuriert. Da gefielen mir die Schulfunksendungen auf WDR 3, die vormittags und die Wiederholung nachmittags über das Radio ausgestrahlt wurden, besser. Ich verspürte ein anheimelndes Gefühl, wenn ich einer neuen Folge aus *Neues aus Waldhagen* lauschen durfte. Oder den Afrikaforscher Henry Morton Stenley auf seinen abenteuerlichen Expeditionen begleiten konnte, bei denen schon mal der ein oder andere brave Helfer in dem reißenden Sambesi ertrank oder von den Wilden massakriert wurde, während ich gleichzeitig die beruhigenden und vertrauten Geräusche der Hausarbeit meine Mutter im Hintergrund hörte. Die Attraktivität des Schulfunks mit den feinen Nuancierungen des gesprochenen Wortes und dem Freiraum für die eigene Fantasie blieb auch erhalten, als sich meine Eltern ein Fernsehgerät anschafften. Die Nachbarn hatten schon eins. Es war höchste Zeit, dass wir nachzogen, so dass ich Fußballspiele nicht mehr bei den Andrießens, die auf der gegenüberliegenden Straßenseite wohnten, zu schauen brauchte, sondern meinen ungebetenen Kommentar zum Spielverlauf zu Hause abgeben konnte. Leider startete das Fernsehprogramm erst am frühen Abend. An regnerischen

Nachmittagen war die Langeweile groß. Mit Schwesterchen Agi zu spielen, war ein sinnloses Unterfangen. Sie war einfach zu klein, verstand beim simplen *Mensch ärgere dich nicht* die Regeln nicht oder wollte sie nicht verstehen. Unsere Mutter sang dann mitunter, dem Wetter entsprechend:

Es regnet, es regnet,
Es regnet seinen Lauf,
Und wenn's genug geregnet hat,
Dann hört's auch wieder auf.

Oder, weil unsere Mutter gerade Kuchen backte:

Backe, backe Kuchen,
Der Bäcker hat gerufen:
Wer will guten Kuchen backen,
Der muss haben sieben Sachen:
Eier und Schmalz,
Zucker und Salz,
Milch und Mehl,
Safran macht den Kuchen gehl.
Schieb, schieb in' Ofen ,nein!

Agi plapperte dann eifrig mit. Ich hielt mich dagegen demonstrativ zurück. Zum einen, weil ich nicht singen konnte, und zum anderen, weil ich der Meinung war, dass Singen etwas für Frauen ist. Wenn Agi so beschäftigt war, konnte ich ungestört mit Wasserfarben malen oder mir meine Briefmarkensammlung vornehmen. Wurde mir die ganze Singerei zu viel, schnappte ich mir ein Abenteuerbuch von Enid Blyton und ging aufs Klo zum Lesen. Wenn Lothar just dann kam, um mit mir zu spielen, rief er durch die Klotür: *Gernot, kack nicht den ganzen Tag voll, komm raus, wir gehen zu mir.*

Die Tuberkulose, die bei meinem Vater einen mehrmonatigen Aufenthalt im Sanatorium erforderlich machte, war zwar weitgehend überstanden, aber er konnte die Arbeit als Werkzeugschleifer und auch die vielen Überstunden, mit denen er durchschnittlich 700 DM bis 750 DM im Monat verdiente, nicht fortführen. Er wechselte am 1.7.1957 zur Maschinenfabrik Hein, Lehmann AG, wo er in der Arbeitsvorbereitung allerdings nur ein Gehalt von 500 DM hatte. Erschwerend war zudem der weite Weg zur Arbeit nach Düsseldorf-Oberbilk, zuerst mit dem Fahrrad, dann mit dem Moped. Wir mussten also alle sparen. Um seine Verdienstchancen zu verbessern, machte mein Vater eine Weiterbildung und nahm von September 1959 bis März 1960 an einem Refa-Lehrgang teil. Mehrmals in der Woche und jeweils nach Feierabend. An den anderen schulfreien Abenden paukte er im Wohnzimmer, während meine Mutter häkelte oder strickte. Aber mein Vater hatte die Rechnung ohne seinen Arbeitgeber gemacht. Dieser war nicht bereit, ihm wegen der bestandenen Prüfung als Arbeitsvorbereiter ein höheres Gehalt zu zahlen. Ihm blieb nichts anderes übrig, als erneut zu kündigen und am 1.4.1960 zur Maschinenfabrik Rohde & Dörrenberg in Düsseldorf-Oberkassel zu wechseln, die ihn als Kalkulator angemessen bezahlte.

Die finanziellen Aussichten in unserer Familie hatten sich also etwas gebessert. So entschlossen sich meine Eltern im Sommer 1960, das erste Mal in Urlaub zu fahren und zeitgleich meine Schwester und mich in ein Jugendlager zu schicken. Heinz und Christel fuhren mit den Borns, einem befreundeten Ehepaar, für zwei Wochen an den Gardasee. Die Borns hatten ein kleines Speditionsunternehmen und nutzen für die Fahrt standesgemäß den eigenen PKW, einen Mercedes-Benz. Agi fuhr mit einer Jugendgruppe, sie war mit ihren 6 Jahren eine der Jüngsten, ins österreichische Linz. Ich kam ebenfalls nach Österreich, nach Gmunden am Traunsee. Die Fahrten wurden vom Jugendamt der Stadt Neuss organisiert und gingen über volle 4 Wochen. Es war das erste Mal, dass ich für längere Zeit von zu Hause weg war und empfand in den ersten Tagen nur eins, Heimweh. Wir waren in einer Weiterbildungsstätte für

Förster untergebracht, die auf der Landseite gegenüber dem Seeschloss auf einer Insel im Traunsee lag. Jeden Tag gab es ein abwechslungsreiches Ferienprogramm, aber ich lebte erst in der zweiten Ferienhälfte auf. Zum Glück waren einige Kinder älter und damit auch größer, so dass ich mit meiner langen Gestalt nicht so deutlich auffiel. Ich hatte mich auch schon daran gewöhnt, dass mich Fremde, ob Erwachsene oder Kinder, immer älter einschätzten und mich daher mit meinen 9 Jahren oftmals überforderten. Man konnte mir solche Situationen immer recht gut ansehen, denn mein Kopf leuchtete dann wie eine rote Verkehrsampel und ich wusste meine Verlegenheit nicht zu verbergen. Insbesondere Mädchen gelang es mühelos, mich in solch eine Situation zu bringen und sie nutzten es oft genug aus. So war ich froh, nach 4 Wochen wieder zu Hause zu sein. Mit Lothar gab es schließlich auch interessante Ferienaktivitäten. Zum Beispiel das Schwimmen im Rhein. Mit dem Fahrrad dauerte es eine halbe Stunde bis nach Neuss-Uedesheim, wo der Sandstrand einem die Illusion eines richtigen Badeurlaubs vermittelte. Natürlich durften wir nicht alleine dort hin. Schließlich war der Rhein mit seinen Wasserstrudeln und den vielen Lastschiffen nicht ganz ungefährlich. Lothars Mutter Hilde fuhr mit, so dass wir unter strenger und fürsorglicher Aufsicht planschten. An einem besonders heißen Tag war anschließend bei der Heimfahrt mein Fahrradreifen – wohl ein Werk der Sonne – platt. Luftpumpen war anstrengend und nützte nicht viel. So rot war mein Kopf niemals zuvor. Diesmal jedoch vor Anstrengung.

Lothars Großeltern von der mütterlichen Seite, Opa und Oma Debschütz, wohnten auf der Melissenstraße unweit von seinem und meinem Zuhause. Wenn Lothar und ich Langeweile hatten, schauten wir schon mal kurz bei seinen Großeltern rein. Ich weiß nicht, wer von den beiden kleiner und schlanker beziehungsweise dürrer war. Dafür waren sie aber umso agiler und hatten zum Ausgleich Arko, einen wohlgenährten Boxerhund. Im Hause der Debschütz gab es eine nachhaltige Geruchswolke aus dem Kochen von Fleischresten, Pansen und anderen Innereien, die durch die Zubereitung des Hundefutters täglich aufgefrischt wurde. Ging man die paar Schritte vom Wohnhaus durch den Garten in den großen Hühnerstall, so realisierten die Geruchsnerven einen signifikanten Wechsel. Jetzt dominierten Hühnerfutter und Hühnerkacke. In der Kleidung setzte sich dann eine Geruchsmischung fest, als hätte man gleichzeitig gekotzt und in die Hose geschissen. Wenn Lothar und ich im Hühnerstall das Federvieh etwas aufmischten, mussten immer einige Eier dran glauben. Wir stellten uns dann vor, wir hätten Handgranaten in den Händen und ließen diese Wurfgeschosse im hohen Bogen an der gegenüberliegenden Wand explodieren. Danach sahen wir zu, dass wir schnell und unbemerkt den Kriegsschauplatz verließen.

Als Opfer unserer temporären Langeweile wählten wir auch den Nachbarn von Lothars Eltern auf der gegenüberliegenden Straßenseite aus. Dabei hatte er uns überhaupt nichts getan, wir mochten ihn halt nur nicht, weil er in unseren Augen einfach zu spießig war. Für ihn war es morgens häufig eine spannende Angelegenheit, ob und unter welchen Umständen er mit seinem auf der Straße geparkten VW-Käfer zur Arbeit fahren konnte. Gelegentlich war schon mal sein Auspuff verstopft und der Wagen wollte daher nicht anspringen oder unter dem Wagen lagen an die hintere Stoßstange angebundene Konservendosen, die beim Anfahren ein schepperndes Geräusch verursachten. Wir ließen uns ein abwechslungsreiches Programm einfallen. Der Nachbar ahnte wohl, wem er dies zu verdanken hatte, erwischte uns aber nicht und konnte uns nichts beweisen.

Weihnachten war für mich, wie sollte es anders sein, das wichtigste Fest im Jahr. Das lag natürlich an den Geschenken und den Süßigkeiten. Letztere bekamen wir reichlich geschenkt und ich konnte sie durch geschicktes Agieren sogar vermehren. Schwesterchen Agi, obwohl jünger als ich, bekam den gleichen Teller mit ausgesuchten Leckereien wie Plätzchen mit Schoko- oder Vanilleüberzug, Feigen, Schokobonbons, Mandeln und kandierten Früchten. Agi war sehr wählerisch mit dem, was sie essen wollte. Ich eher nicht, Hauptsache es schmeckte süß. So wurde fleißig getauscht. Ich gab Qualität und erhielt Quantität. Mein Weihnachtsteller quoll dann über und der von Agi sah sehr geplündert aus. Mein wichtigstes Weihnachtsgeschenk 1960 war jedoch ein einbändiges Knaurs-Universallexikon mit fast 1.000 Seiten. Es eröffnete mir als Kind die ersten Türen zur Welt der Politik, Geschichte, Kunst, Geografie und vielen anderen Bereichen. Ich arbeitete das Lexikon Seite für Seite durch, las fast alles und machte meine Statistiken und Ausarbeitungen. Welches Land weist die meisten Wissenschaftler aus, die im Lexikon mit Foto abgebildet sind, wie heißen die größten Städte, längsten Flüsse und höchsten Berge. Wer waren die bedeutendsten Maler und Schriftsteller? Mit ein wenig Fantasie war man jahrelang beschäftigt. Das Knaurs-Lexikon hat heute noch einen Ehrenplatz in meinem Bücherregal.

Es gibt noch ein weiteres Hobby, mit dem ich um diese Zeit begann: das Malen mit Ölfarben. Mein zweites Weihnachtsgeschenk in diesem Jahr 1960 war eine kleine Leinwand mit Lukas-Ölfarben. Schließlich war Malen mein bestes Schulfach und wurde im letzten Zeugnis mit einer glatten Eins bewertet. Damit ich es etwas einfacher hatte, waren auf der Leinwand die Umrisse einer Alpenlandschaft mit Berghütte hellgrau vorgezeichnet. So war es mir ein Leichtes, ein Ölgemälde zu fertigen, welches sich vortrefflich vom Motiv wie auch vom Malstil her als Wandschmuck des im Gelsenkirchener Barock eingerichteten Wohnzimmers meiner Eltern eignete. Es sollten noch viele Bilder folgen, die ich – wenn auch mit langjährigen Pausen und in ganz anderen Stilrichtungen – in meinem weiteren Leben malte.

Meine Mutter erhielt von meinem Vater eine Strickmaschine geschenkt. Es war ein mächtiges Ungetüm, welches fast die gesamte Längsseite des Esstisches einnahm und mechanisch mit der Hand bedient wurde. Es war sehr praktisch gedacht von meinem Vater mit diesem Weihnachtsgeschenk, das meiner Mutter viel Arbeit und meiner Schwester und mir ungeliebte Strickkleidung bescherte. Die Strickmaschine stammte aus dem Quelle-Katalog, den meine Mutter, so lange ich denken konnte, regelmäßig bezog. Dieser Katalog stellte damals für mich die große weite Welt all dessen dar, was es so gab und was man so kaufen konnte. Oberbekleidung für Damen, Herren und Kinder, Haushaltsartikel jeglicher Art, technische Geräte für den Alltag und sogar Kinderspielzeug. Das Interessanteste aber war für mich etwas ganz anderes: Damenunterwäsche. Die Angebote waren vorzugsweise, um nicht zu sagen ausschließlich, in weiß und in üppigen Größen für die ganz normale mittel- bis vollschlanke deutsche Hausfrau abgebildet. Ab und zu konnte ich sogar etwas nackte Haut entdecken. Jedenfalls genug, um meine Neugierde zu befriedigen und meine Fantasie zu erfreuen. Ein klein wenig Unrechtsbewusstsein hatte ich dabei schon. Ich war mir ziemlich sicher, dass dieses ausgeprägte Interesse an diesen Dingen eine Besonderheit von mir wäre. Andere Jungen taten dies sicherlich nicht. Meine Mutter hätte dies bestimmt unterbunden, hätte sie es bemerkt. Hatte sie aber nicht. Dafür aber vielleicht der liebe Gott. Jedenfalls bekam ich im darauffolgenden Frühjahrszeugnis eine Fünf in Religion.

Im folgenden Jahr wurde meine Schwester Agi eingeschult. Es war schon peinlich, als 10-jähriger mit einem kleinen Mädchen gemeinsam den Schulweg zu gehen. *Hast du gesehen*, hänselten meine Klassenkameraden, *der lange Lulatsch hat eine Freundin!* Wenn Agi und ich morgens aus dem Haus gingen, ließ ich sie hinter der nächsten Ecke ein paar Meter voraus gehen und sah zu, dass ich ihr auf dem restlichen Schulweg nicht zu nahe kam.

Meine Eltern hatten sich endlich einen Fernseher angeschafft und wir, Agi und ich, konnten schon mal am Samstagabend fernsehen. Noch besser für uns war, wenn sie vom Schützenzug aus Versammlung hatten. Dann durften wir uns ins elterliche Bett, eine ausziehbare Schlafcouch im Wohnzimmer, legen und alleine das Unterhaltungsprogramm anschauen. Dabei gingen Tränen auf Reisen, natürlich nur im Fernsehen, kamen weiße Rosen aus Athen, Schuld war nur der Bossa Nova. Frauen wollten einen Cowboy als Mann und Männer träumten von 17-Jährigen mit blonden Haaren. Bill Ramsey sang von der Zuckerpuppe aus der Bauchtanztruppe, Alexandra von ihrem Freund, dem Baum. Heintje himmelte seine Mama an und Wencke Myhre riet, nicht gleich in jeden Apfel zu beißen. France Gall hatte zwei Apfelsinen im Haar. Die Shows liefen bis knapp nach 22.00 Uhr. Dann war das Licht auszumachen und zu schlafen. Wenn die Eltern zurück kamen, brachten sie uns schlafend in unser Bett im Obergeschoss. Es empfahl sich dann immer, sich schlafend zu stellen, um den Eindruck zu vermeiden, wir hätten länger als erlaubt ferngesehen. Hatten wir natürlich, und nicht nur das. Zusätzlich spielten wir Onkel Doktor. Agi war lebensgefährlich krank und ich musste sie sofort und ausgiebig untersuchen. Ich tat das mit viel Hingabe und konzentrierte mich dabei gerne auf ihren Po. Die kurvenreichen Tänzerinnen des Fernsehballetts in der ARD gaben mir dabei die rechte Inspiration. Um das angenehme Gefühl in den nächsten Tag hinein zu retten, schlug ich Agi vor, mich am kommenden Tag, einem Sonntagmorgen, auf ganz spezielle Art zu wecken. Sie sollte sich, während ich noch schlief, mit dem nackten Po auf mein Gesicht setzen. Das klappte auch an weiteren Wochenenden ganz hervorragend, bis uns eines Morgens, als Agi gerade die richtige Sitzposition eingenommen hatte, unsere Mutter überraschte und mir eine knallharte Ohrfeige verpasste, bevor ich überhaupt richtig wach war.

Danach verlagerte ich solche erotischen Aktivitäten auf mich selbst. Ich hatte nämlich nach dem zu Bett gehen durch Zufall die Erfahrung gemacht, dass es mir ein angenehmes Gefühl bereitete, wenn ich auf der Seite liegend meinen Unterkörper auf und ab bewegte. Gleichzeitig war ich aber auch irritiert und schämte mich über diese seltsame Krankheit. Ich war überzeugt, diese Empfindsamkeit musste mit einer Operation an meinem Lümmel, so wurde dieses Körperteil von meiner Mutter genannt, zu tun haben. Ich konnte mich zwar nicht erinnern, dass jemals eine solche Operation durchgeführt wurde, aber es war ganz offensichtlich. Auf der Unterseite des Lümmels war in voller Länge eine Operationsnarbe zu sehen. Sie wurde schon mal durch langes Reiben etwas wund, schien aber ansonsten gut verheilt. Ich sprach natürlich mit niemanden darüber, insbesondere nicht mit meiner Mutter. Ihr gegenüber bestand noch das Ärgernis, die Flecken in meiner Schlafanzughose zu überspielen, die nach dem Reiben des Lümmels entstanden. Zum Glück sprach sie mich deswegen nicht an. Ich hätte mich einfach dumm gestellt oder es auf meine Operation geschoben, die Naht wäre halt nicht ganz dicht.

Seltsamerweise bekam ich im Herbstzeugnis meine zweite Einser-Note. Neben Malen nunmehr auch ausgerechnet in Religion. Das verstand ich nun überhaupt nicht. Schließlich hatte ich im Zeugnis zuvor in diesem Fach eine glatte Fünf gehabt, was ich auch auf mein sehr unkeusches Verhalten in Bezug auf den Quelle-Katalog zurückführte. In der Zwischenzeit hatte ich mich ja sehr intensiv mit dem nackten Popo meiner Schwester befasst, so dass ich schon mit einer Note Sechs gerechnet hatte. Offenbar wog aber bei der himmlischen Gerechtigkeit der nackte Po der eigenen Schwester weniger als die nackten Brustansätze von erwachsenen fremden Frauen.

In unserem kleinen Haus gab es ein ganz anderes Problem. Opa Franz, der Vater meiner Mutter, hatte nach dem Tod von

Oma Maria wieder geheiratet und seine neue Frau, die mit uns zusammen wohnte, wollte das Kommando übernehmen. Es gab ständig Reibereien, die dazu führten, dass 1962 mein Opa einen Wohnungstausch vornahm. Er zog mit seiner Frau in einen anderen Stadtteil und im Gegenzug quartierte sich eine andere Familie, die Spitzners, bei uns ein. Damit hatte sich die Situation noch verschlechtert. Schließlich war unser Haus ein Einfamilienhaus mit nur einem Plumpsklo, nur einem Kellerraum und nur einem Eingang und jetzt wohnten zwei Familien mit jeweils 4 Personen darin. Zusätzlich hatten Herr und Frau Spitzner Tuberkulose. Ihnen stand auch die hälftige Nutzung des Gartens, in dem Gemüse angebaut und Früchte gezogen wurden, zu. Um ihren Ernteertrag möglichst zu steigern, praktizierten sie eine gleichermaßen kostengünstige wie brutale Art der Düngung. Sie entsorgten das Plumpsklo auf ihrem Teil des Gartens. Das gesamte Grundstück nebst Haus wurde dann tagelang von einer Jaucheglocke umhüllt. *Da können wir ja nie mehr etwas anbauen,* meinte meine Mutter entrüstet. Mein Opa hatte sich mit meiner Mutter völlig überworfen oder war es umgekehrt und aus welchem Grund? Ich wusste es nicht. Jedenfalls hatte Opa Franz den Spitzners angeboten, das Haus auf Rentenbasis zu kaufen, wenn sie uns hinausdrängten. Meine Eltern schafften es nach einigen Gerichtsprozessen, dies zu verhindern und konnten 1963 ihrerseits das Haus erwerben. Sie fanden auch für die ungeliebten Nachbarn eine Mietwohnung, so dass wir nach deren Auszug unser kleines Haus mit einem großen Garten nur für uns hatten.

In diesem Garten gab es so ziemlich alles, was wir an Gemüse und Früchten zum Leben brauchten. Wir waren weitgehend autark und versorgten uns selbst. Im hinteren Gartenteil erhob sich majestätisch ein großer Kirschbaum über die gedrungenen Apfel- und Birnbäume und den mittelhohen Pflaumenbaum. Hoch ragten die Holzgerüste als Kletterhilfe für Bohnen und Erbsen auf. Sie mussten nach starken Stürmen regelmäßig wieder gerichtet werden. Die Kartoffelpflanzen nahmen, geordnet in Reih und Glied stehend, einen Großteil des Gartens ein. Zwiebeln, Salat- und Kohlköpfen, Gurken, Spinat und Radieschen wurde jeweils nur eine Reihe zugestanden. Die Erdbeeren machten wie die Kartoffeln eine Ausnahme, sie wurden großzügig angebaut und waren im Sommer schon mal mit Quark vermischt ein vollwertiges Mittagessen. Die dichten Stachelbeersträucher standen neben dem Rhabarber weit hinten an der Gartengrenze und wurden gerne für süßsaure Pfannkuchen geerntet. Brombeeren, Johannisbeeren und Tomaten wie auch ein kleiner Kräutergarten rundeten die Eigenversorgung ab. Ein großer Komposthaufen an der hinteren Gartengrenze lieferte uns ausreichend Dünger. Der Garten ermöglichte uns die Zubereitung eines normalen Mittagessens, unabhängig von zusätzlichen Einkäufen. Im Spätsommer wurden die Früchte geerntet und in Einmachgläser eingekocht. Die Kartoffeln kamen im Herbst in eine große Holzkiste, die im Keller stand und reichten für den ganzen Winter. Mein Opa hat anfangs sogar noch eigenen Schnaps, einen Obstler, gebraut, ein scharfes Zeug, das einem die Hosen auszog. Der Garten ermöglichte uns preiswerte und, wenn man von der erwähnten speziellen Düngung absah, auch appetitliche und gesunde Lebensmittel. Im kleineren Vorgarten, der zwischen Straße und Haus lag, wurden Phlox, Sonnenhut, Margeriten, Rittersporn und andere Stauden gezogen sowie ein kleiner Rasen unterhalten. Das alles war allerdings mit viel Arbeit verbunden.

Der Samstag war im Sommer der Tag, an dem im Garten gearbeitet wurde. Als der Deutsche Gewerkschaftsbund ab 1956 die Aktion *Samstags gehört Vati mir* propagierte, wurde in den folgenden Jahren die wöchentliche Arbeitszeit stufenweise auf 40 Stunden reduziert und die Fünftagewoche eingeführt. Der Steinkohlebergbau war 1959 der Vorreiter, gefolgt von der Versicherungsbranche, den Banken und schließlich auch der stahlverarbeitenden Industrie, in der mein Vater tätig war. Mein Vater konnte nach Einführung der Fünftagewoche samstags so richtig im Garten ranklotzen und tat dies auch. Er verbrachte den Samstag nicht mehr in der Firma, sondern im Garten, was für mich auf das Gleiche hinauslief: Papa war beschäftigt. Schlimmer noch für mich: Ich musste mithelfen. Unkraut jäten und Gartenstücke umgraben waren Arbeiten, die stets auf mich warteten. Insbesondere bei trockenem Boden bekam ich den Spaten nicht rein und das Unkraut nicht raus. Mein Freund Lothar hatte es da besser, sein Vater arbeitete auf dem Bau. Da wurde auch Samstags gearbeitet, entweder offiziell oder halt schwarz. Ein kleiner Ausgleich für diese Mühen war das Essen am Samstag. Es gab ein großes Resteessen. Das hörte sich vielleicht nicht so gut an, war aber eine feine Sache. Meine Mutter zauberte dann aus den vorhandenen Restbeständen ein vielseitiges und reichhaltiges Mahl. Altes Weißbrot wandelte sich, in warmer Milch getränkt, durch Eier ergänzt und mit Zucker bestreut zu köstlichen *Armen Rittern* und ein Bohneneintopf mit großen Fettaugen schmeckte - zum zweiten oder dritten Mal aufgewärmt - besser als frisch zubereitet.

Durch die Mitgliedschaft im Schützenzug St. Hubertus lernte mein Vater, der zugezogene Sachse, zahlreiche Alt-Reuschenberger kennen. Es wurden nicht nur Trinkgelage und Nikotinorgien, die Schützenversammlungen genannt wurden, gepflegt, sondern auch private Kontakte mit Ehefrauen und Kindern. Meine Eltern hatten auf diesem Wege Kontakt zu den Michels gefunden. Der Malermeister Peter Michels, der auch ein Einzelhandelsgeschäft betrieb, war in Reuschenberg ein Synonym für alles, was mit Anstreichen und Farbe zu tun hatte. Er kannte fast alle Einwohner, die jemals ihrer Wohnung neue Tapeten oder moderne Farbkompositionen gegönnt hatten. Meine Mutter hatte sich mit Ingrid, der Frau von Peter Michels, angefreundet. Wenn sie nachmittags zum Kaffeeplausch zu Besuch war und die beiden Frauen in unserem kleinen Esszimmer saßen, sah ich immer zu, dort möglichst oft irgend etwas zu tun zu haben. Der Grund hierfür waren die aufregenden Brüste von Frau Michels. Den besten Einblick in dieses Naturereignis hatte ich, wenn sie am Kaffeetisch saß und ich mich hinter ihr vorbei schlängeln musste, um an die Kommode zu kommen, worin nur leider kaum etwas Sinnvolles für mich deponiert war. Ich hatte dann zwei Mal die Gelegenheit – auf dem Hin- und auf dem Rückweg – etwas mehr als die Brustansätze zu sehen. Allerdings wollte ich nicht zu augenfällig in ihren Ausschnitt schielen. Ich hätte mich sehr geniert, wenn irgendeine Bemerkung gefallen wäre, die mich bloß gestellt hätte. So übte ich mich darin, unauffällig schräg nach unten zu schauen und stets einen Grund zu haben, an die Kommode gehen zu müssen. Wenn ich dann abends im Bett lag, hatte ich sofort die Erinnerung an weiche, Wärme spendende Brüste und alles ging dann besonders schnell und die Flecken im Bett waren besonders groß.

Die Michels hatten zwei Kinder, Gustav war der ältere, Winfried war in meinem Alter. Mit Winfried freundete ich mich an, zumal meine Mutter im Haushalt der Michels mithalf und ich nach der Schule schon mal dort hinging, um Mittag zu essen und den Nachmittag zu verbringen. An einem Sonntag im Mai machten die beiden Familien Michels und Beger einen Ausflug mit dem Firmenkombi des Malermeisters. Ziel war Holland. Ich war äußerst gespannt, es war mein erster Auslandsbesuch und ich stellte mir das Ausland, egal welches Land, völlig anders vor als das heimatliche Deutschland. Nach einer ¾ Stunde Fahrt erreichten wir die Grenze, zeigten unsere Pässe vor und fuhren nach Holland hinein. Was war ich enttäuscht. Ich hatte zumindest erwartet, dass die Häuser dort entweder braun oder grün waren, jedenfalls nicht so aussahen wie zu Hause. Die Straßen schmaler oder breiter und die Menschen irgendwie anders. Nein, nichts, selbst die Autos sahen weitgehend gleich aus, nur die gelben Nummernschilder waren ungewohnt. Wenigstens wurde holländisch gesprochen und mit Gulden statt mit Deutscher Mark bezahlt. Unser Ziel war die Stadt Volendam, wo wir Original Edamer-Käse einkauften, nicht mehr gültiges holländisches Wechselgeld zurück bekamen, einen Spaziergang machten, Kaffee tranken, beim Bezahlen die ungültigen Gulden bemerken, uns ärgerten und wieder zurück fuhren. Das war also das Ausland! Wenn ich aber später als Jugendlicher oder junger Mensch von zu Hause wegfuhr, kam erst das richtige Ferien- oder Urlaubsgefühl auf, wenn ich im Ausland war. Trotz der enttäuschenden Jungfernfahrt.

In der Schule war ich nur ein durchschnittlicher Schüler. Wenn ich mal gerade nicht aus dem Fenster schaute oder mich auf die vielfältige Welt eines Quelle-Katalogs konzentrierte, bohrte ich vielleicht gerade mit viel Tiefgefühl in der Nase. Wurde hierbei genügend Material zu Tage gefördert, Bullemann genannt, konnte damit ein kleines hartes furztrockenes Geschoss geformt und mit etwas Geschick mit Daumen und Zeigefinger geschnippt abgeschossen werden. Es war dann eine reizvolle Überlegung, wer als Ziel dienen würde. Die Lehrpersonen natürlich nicht. Hätte ich mich niemals getraut. In den ersten vier Jahren der Grundschule verbot dies die weiblich-aufregende Strenge von Fräulein Korte. Meine mündliche Beteiligung am Unterricht war überaus rege, solange es sich um die Fächer Geschichte und Geografie handelte. Das Fach Religion gehörte mit Einschränkungen auch dazu. Hier kam es sehr stark auf die Diskussionsfreudigkeit des lehrenden Pfarrers an. Dogmatiker, die linientreu den Katechismus für die 1. Heilige Kommunion durchpaukten, machten es mir schwer. Der alte Pfarrer Franz Doppelfeld war so jemand. *Gernot*, rief er mir zu, wenn mein Blick aus dem Fenster schweifte: *Suchst du den Herrgott draußen zwischen den Bäumen? Erkläre uns doch mal, was die Eucharistie bedeutet!* Nach einer Pause ohne Antwort von mir wiederholte er die Frage an die Klasse: *Was um Herrgotts Willen stellt die Eucharistie dar?* Während der weiteren längeren Pause rötete sich das Gesicht von Hochwürden Doppelfeld. *Ihr wollt zur 1. Heiligen Kommunion gehen und wisst nicht, dass die Eucharistie*

Quelle und Höhepunkt des ganzen christlichen Lebens ist? Er erklärte dann zum wiederholten Male, dass der Hauptteil der Heiligen Messe die Eucharistiefeier sei. Bei der Heiligen Kommunion empfangen wir Jesus Christus. Durch eine geheimnisvolle Wandlung werde die Hostie, die wir erstmals empfangen dürften, zu seinem Leib. Jesus sei dadurch wahrhaft gegenwärtig und wir hätten keine Ahnung von der Gnade und von dem Glück, welches uns erfüllen würde. Wir sollten den Katechismus lesen und bei der nächsten Beichte an unsere Versäumnisse denken, sonst würden wir der Verdammnis anheimfallen.

Das Beichten, das wir vor der 1. Heiligen Kommunion schon fleißig übten, war lästig, peinlich und auch mühevoll. Wir mussten zu den Beichtzeiten in die Kirche laufen, dort unsere intimsten Gedanken und Handlungen erzählen und anschließend noch viele „Vater Unser" und „Ave Maria" beten. Am liebsten war mir noch Hochwürden Doppelfeld bei der Beichte. Bei ihm konnte es schon mal passieren, dass er bei der Beichte einschlief und man dann schnell all die unangenehmen Sünden abhandeln konnte, ohne dabei rot anzulaufen. Die jüngeren Diakone waren im Beichtstuhl immer hellwach und fragten auch nach, ob die Unkeuschheit alleine oder zusammen mit anderen begangen wurde und wie genau sie stattfand. Wenn man dann, wegen der großen Scham, log, hatte man eine neue Sünde am Hals, ohne dass die alte ausgelöscht worden wäre. Der ganze Aufwand, all die Bußgebete wären dann für die Katz und man würde sich schlechter fühlen als zuvor. Also sah ich stets zu, dass ich mich in die Schlange vor dem Beichtstuhl bei Hochwürden Doppelfeld einreihte und ich nicht zu den anderen beiden Diakonen geschickt wurde, wenn deren Beichtstuhl keine Warteschlange aufwies und die von Hochwürden immer länger wurde. Hatte man aber Pech und landete unglücklicherweise bei einem Diakon, musste man genau überlegen, was man beim sechsten Gebot sagte. Der Einfachheit halber wurde die Beichte nach den 10 Geboten von oben nach unten abgearbeitet. Nachdem dem Beichtvater gesagt wurde, wann die letzte Beichte war, fing man also mit dem 1. Gebot *Du sollst an einen Gott glauben* an. Das war recht unproblematisch, denn die Betonung dieses Satzes liegt auf dem Wort *einen*. Ich habe nie an zwei oder mehrere Gottheiten geglaubt, mit dem *einen* hatte ich schon Mühe genug, so dass ich das 1. Gebot mit einen knappen *nichts,* damit wurde ausgedrückt, dass es zu diesem Punkt *nichts zu sagen gab,* abhakte. Auch die folgenden beiden Gebote, *Du sollst den Namen Gottes nicht verunehren* und *Du sollst den Tag des Herrn heiligen,* waren eher zum Warmlaufen geeignet. Vielleicht gab es beim zweiten Gebot eine leichte Unsicherheit, mit der Verunehrung des Gottesnamens. Durfte man zum Beispiel so ohne weiteres für jeden Furz sagen: *Um Himmels Willen* oder ein ehrlich gemeintes *Gott sei Dank*, wenn der Herr Lehrer einen bei einer Lüge nicht ertappt hatte. Das 3. Gebot, die Heiligung des Tag des Herrn, war richtig angenehm. Damit war gemeint, dass man am Sonntag die Messe besuchte und an diesem Tag nicht arbeitete. In die Sonntagsmesse wurde ich von meinen Eltern ohnehin geschickt und dass es verboten war, sonntags für die Schule zu arbeiten, war ein echtes Plus. Beide Gebote quittierte ich daher ebenfalls mit einem knappen *nichts*. Komplizierter war da schon das 4. Gebot *Du sollst Vater und Mutter heiligen*. Hier war vieles Auslegungssache. Also beichtete ich die eine oder andere kleine Verfehlung, um die Sache etwas aufzulockern. Der Übergang zum 6. Gebot wäre sonst auch allzu krass gewesen, konnte ich doch beim 5. Gebot *Du sollst nicht töten* auch nicht mehr als das eintönige *nichts* melden. Dann kam 6. *Du sollst nicht Unkeuschheit treiben.* Die Gewissenserforschung, die jeder Beichtende vor seinem Beichtgang machen musste, konnte bestens genutzt werden, sich klarzumachen, was man an diesem Punkt sagen wollte. Ob überhaupt etwas, die Teilwahrheit glaubwürdig verpackt oder die kapitulative Ausbreitung der vollen Wahrheit. Ein *nichts* an dieser Stelle provozierte im Allgemeinen unliebsames Nachfragen und ehe man sich versah, hatte man sich in einem Gestrüpp von Lügen verfangen. Die volle Enthüllung der Wahrheit war natürlich auch nicht möglich. Ich wäre vor Scham im Beichtstuhl versunken, wenn ich erzählt und auf Nachfrage auch noch genau hätte erklären müssen, mit welcher Technik ich mir vor dem Einschlafen meine Erleichterung verschaffte. Und fast noch schlimmer, was für unkeusche Gedanken mir dabei durch den Kopf schossen – ich brauchte nur an den letzten Besuch von Frau Michels bei meiner Mutter zu denken. Dieser Punkt der Beichte war jedes Mal ein Eiertanz und wirklich zufrieden war ich nie. Deutlich unproblematischer war, die Sünden des 7. Gebots, *Du sollst nicht stehlen* zu beschreiben. Hierbei war ich sogar besonders großzügig. Immer wenn ich meiner kleinen Schwester Agi Plätzchen stibitzte oder sie beim Tauschen von Schokolade in andere Süßigkeiten benachteiligte, so beichtete ich dies. Das 8. Gebot *Du sollst kein falsches Zeugnis geben* war ähnlich einfach. Damit ist ja gemeint, dass man nicht schlecht über andere urteilt und nicht übel nachredet. Das tat ich ohnehin nicht, nur mit wenigen Ausnahmen, dort war es aus meiner Sicht aber auch gerechtfertigt. Ich hoffte an der Stelle dann immer, dass auch diejenigen beichteten, die mir Schuljahr für Schuljahr ein schlechtes Zeugnis ausstellten. Wenn man 10 Jahre alt ist und schon Angst vor der bloßen Nähe eines Mädchens hat, dann braucht man sich im Beichtstuhl bei der Abarbeitung des 9. Gebots *Du sollst nicht begehren deines Nächsten Frau* überhaupt keine Gedanken zu machen. Das ist eher etwas für erwachsene Männer, die merken, die falsche Frau geheiratet zu haben. Die Frauen sind hier übrigens fein raus, denn für sie gibt es kein entsprechendes Gebot. Wenn das 10. Gebot *Du sollst nicht begehrten deines Nächsten Gut* dran war, hatte man es eigentlich geschafft. Man kam zwar nicht mit einem einsilbigen *nichts* davon, denn irgendetwas hatte man hier immer zu beichten. Insbesondere dann, wenn man selbst nur wenig Spielzeug hatte und die anderen, die viel reichhaltiger ausgestattet waren als man selbst, die Sachen entweder gar nicht so richtig zu schätzen wussten oder maßlos damit angaben. In alle diesen Fällen war mir mein Neid sehr verständlich, aber ich habe ihn dennoch gebeichtet, alleine schon, um der Beichte einen verbindlichen Ausklang zu geben.

Meine Fünf in Religion und mein oftmaliges Verhaspeln in der Beichte beim 6. Gebot waren glücklicherweise kein Hindernis für meine Teilnahme an der 1. Heiligen Kommunion. Ich bekam zu diesem Anlass meinen ersten Anzug. Dunkelblaue Farbe und kurze Hosenbeine. Die gesamte Verwandtschaft war an diesem sonnigen Weißen Sonntag zum Kaffeetrinken eingeladen und ich konnte so viel Kuchen essen wie ich wollte. Sogar Geschenke gab es. Eine riesengroße Kerze mit der verzierten Inschrift *Zur Ersten Heiligen Kommunion* und ein neues Gebetbuch mit Goldgravur und hauchdünnen Blättern, die man für den erstmaligen Gebrauch aufpusten musste. *Das ist der schönste Tag in deinem Leben* sagte mir meine Tante Rita mit bewunderungswürdiger Ernsthaftigkeit. Mir war nicht klar, was ich davon halte durfte. Sollte es da nicht noch mehr geben, auf das ich mich freuen konnte? War es wirklich so erstrebenswert, jeden Samstag zur Beichte zu gehen, bei den gefährlichen Geboten herumzueiern, sonntags die Heilige Messe zu besuchen und obendrein noch zweimal pro Woche an der Schulmesse teilzunehmen? Mit 10 Jahren ist man schon ein halber Erwachsener, sagte man mir, und das Erwachsenenleben sei halt kein Kindergarten. Ich tröstete mich mit dem Gedanken, dass ich dann wohl auch zur Hälfte die Bücher lesen und die Filme sehen durfte, die Erwachsenen vorbehalten waren. Das funktionierte natürlich nicht. Die Filme im Kino waren stets mit einer FSK-Angabe versehen, der freiwilligen Selbstkontrolle der Filmwirtschaft. Wenn im Atrium-Kino *Ben Hur* lief, so war dieser Film ab 12 Jahren freigegeben. Da ich als halber Erwachsener erst 10 Jahre alt war, konnte ich bei meinen Eltern noch so viel betteln, ich durfte nicht rein. Bei den Zeitschriften mit den interessanten Fotos wagte ich erst gar keinen Versuch.

Aber es gab ja Lothar. Obwohl er ein volles Jahr älter war als ich, hatte er das gleiche Problem, dafür aber einen interessanten Onkel. Onkel Günther war zwar ein biederer Familienvater, hatte aber eine ähnlich abartige Vorliebe für unkeusche Fotos wie wir. Lothar und ich wussten das, weil Lothar zufällig einen solchen Bildband bei ihm zu Hause entdeckte und gleich mitgehen ließ. Lothar konnte sich das auch besser leisten als ich. Er war evangelisch und brauchte nicht zu beichten. Weder den Diebstahl, noch das Anschauen des Fotoheftes. Es war eine Schwarzweiß-Ausgabe des Magazins *Die Nackten & die Tobenden* mit nur wenig Text, aber vielen Fotos von Frauen. Von nackten Frauen, eine schöner als die andere, und großen Fotos, so groß, dass die einzelnen Haare auf ihrer Scham deutlich zu sehen waren. Wir hüteten das Heft wie unsere Augäpfel und versteckten unseren Schatz auf dem Dachboden von Lothars Eltern zwischen einer Dachsparre und der Wärmedämmung. Fast täglich zelebrierten wir eine Sitzung auf dem Dachboden, schlugen andächtig die Seiten des Magazins auf, begeisterten uns über neue Erkenntnisse und Entdeckungen oder fühlten ältere Kommentare bestätigt. Vom Fernsehen her kannten wir das Bewertungsschema vom Eiskunstlauf. Wenn das deutsche Eislauftraumpaar Marika Kilius und Hans-Jügen Bäumler lief, durfte ich zu Hause schon mal mit schauen und wusste, eine Sechs Komma Null war nicht zu steigern. Ein ähnliches Verfahren entwickelten wir auch. Einmal für die gesamte abgebildete Person, aber auch für Teilbereiche. Wenn ich das Gesicht zuerst nenne, dann heißt das nicht, dass wir beim Betrachten eines Fotos mit einer nackten Frau zuerst das Gesicht anschauten. Da hatten wir andere Prioritäten, aber wir wollten bei unserer Bewertung systematisch von oben nach unten vorgehen. Zuerst wurde also das Gesicht bewertet. War es ebenmäßig, strahlte es Wärme und Freundlichkeit aus, wie alt war die Person und wie war ihr Teint? Lothar tendierte eher zu schwarzhaarigen Frauen, ich zu Blondinen. Für uns waren die Fotos mehr als nackt abgelichtete Frauen. In unserer Fantasie waren es lebendige Wesen mit romantischer

Ausstrahlung, keckem Gesichtsausdruck, leichter Verlegenheit oder durchtriebener Herausforderung. Die nächste Kategorie waren die Brüste. Lothar und ich standen auf große Brüste, gerne leicht birnenmäßig geformt. Sie durften aber nicht zu eng beieinander liegen, das erschien uns als moppelig. Wir wurden schnell Brustspezialisten, konnten jede Brust zum zugehörigen verdeckten Gesicht zuordnen und fanden es besonders aufreizend, wenn wir die Brüste Titten nannten. Ein weiteres Kriterium waren die Hüften mit der Scham. Schlank sollten sie sein und eine ordentliche Schambehaarung haben. Viel mehr wussten wir mit dieser Körperregion nicht anzufangen. Den Abschluss bei den Bewertungen bildeten die Beine. Hier galt es, neben einer schönen ausgewogenen Form das richtige Mittelmaß zwischen zu dick und zu dünn zu finden. Lothar und ich hatten weitgehend den gleichen Geschmack und mussten dann losen, wenn unsere Wahl auf dieselbe Person fiel. Dann durften wir unsere persönliche Siegerin in Besitz nehmen, sie in unseren Gedanken anfassen wo wir wollten, sie auf den Mund küssen oder auch sonst wo hin. Die Stunde auf dem Dachstuhl war jedes Mal der Höhepunkt des Tages und wurde nur von der wenige Minuten dauernden Entspannung mit feuchten Fantasiegedanken kurz vor dem Einschlafen übertroffen, die so verräterische Spuren im Bett hinterließ. Mir war schon etwas unwohl bei dieser Sache mit den Flecken, die eine weiche Bettdecke verhärteten und so seltsam süßlich rochen. Es war doch anormal und abartig, was ich tat. Pfarrer Doppelfeld konnte nur dies gemeint haben, wenn er von der Sünde mit dem eigenen Körper sprach. Ich war offensichtlich in diesem Punkt besonders schlimm, das heißt verdorbener als andere. Selbst mit Lothar sprach ich nicht darüber. Wir schauten uns nur die Fotos an, schwärmten von den schönsten Frauen und stellten uns vor, wie toll es wäre, wenn wir später mit so einer Frau verheiratet wären. Es sollte in meinem Leben lange dauern, bis sich dieser Wunsch erfüllte.

Wie im Vorjahr, so organisierte das Jugendamt der Stadt Neuss auch in den Sommerferien 1961 einen Ferienaufenthalt. Ich durfte diesmal zwei Wochen zur Nordseeinsel Langeoog mitfahren. Ich war das erste Mal am Meer und ziemlich überwältigt. Blaues Wasser bis zum Horizont und kilometerlanger weißer Sandstrand. Übernachtet wurde in Acht-Betten-Räumen in der Jugendherberge. Abends wurde ein geselliges Beisammensein organisiert. Entweder mit Gitarrenmusik und Gesang am Lagerfeuer mit der Möglichkeit, auf einem Stock aufgespießte Kartoffeln in der Glut zu rösten oder es gab unverfängliche Spiele im Speisesaal. Vor dem Schlafen, wenn wir bereits im Bett lagen, wurden noch gruselige Geschichten vorgelesen. Sie inspirierten uns aber in eine völlig andere Richtung. Es muss an der gesunden Meerluft gelegen haben, dass meine Zimmernachbarn bei ihren abendlichen Entspannungsübungen zu sportlichen Höchstleistungen fähig waren. Ich war ziemlich überrascht, mit welcher Ungezwungenheit sie ihre handwerklichen Erfolge zur Schau stellten.

Ein Höhepunkt ganz anderer Art war in diesem Badeurlaub der Besuch der Insel Helgoland. Das Herausragende war weniger die Insel selbst, als die Fahrt dorthin. Bei schwerer See verblieben sämtliche unerlaubt und zollfrei gekauften Alkoholika auf dem Schiff und zwar auf dem gleichen Wege, wie sie zu sich genommen wurden. Klaus-Dieter aus meiner Klasse hatte es so toll getrieben, dass er nach der Rückkehr auf Langeoog ärztliche Behandlung nötig hatte und vorzeitig nach Hause geschickt wurde.

Der 13.8.1961 fiel auf einen Sonntag in den Sommerferien und hatte schlechtes Wetter. Gleich drei Gründe, an einem solchen Morgen länger im Bett zu bleiben. Daraus wurde bei mir aber nichts. Meine Mutter kam aufgeregt in mein Zimmer und weckte mich mit der Nachricht, es gäbe vielleicht Krieg. Die Russen könnten in West-Berlin einmarschieren. Als ob durch mein Wachsein sich daran etwas ändern würde. Trotzdem sprang ich sofort aus dem Bett, lief ins Esszimmer und hörte in den Radionachrichten, dass Bauarbeiter, beschützt durch Soldaten der ostdeutschen Nationalen Volksarmee, eine Mauer quer durch Berlin bauten. Bewohner von West- und Ost-Berlin hatten sich an der Sektorengrenze eingefunden, aber auch amerikanische und sowjetische Panzer. Keiner wusste, wie es weitergehen sollte. Die Spannung ergriff auch mich. Sollte ich etwa einen Krieg miterleben? Ich hatte eine gewisse Vorstellung davon, was ein Krieg bedeuten kann. Mein Vater hatte mir einiges über den II. Weltkrieg erzählt und in Büchern hatte ich so manches über ihn gelesen. Mit Lothar sprach ich oftmals über den Krieg. Sein Vater Willi hatte als Scharfschütze den kompletten Russlandfeldzug zu Fuß mitgemacht und entsprechend viel erlebt. Dennoch verstanden Lothar und ich den Krieg eher als ein verklärt-romantisches Abenteuer für abgehärtete Jungs – wie wir uns wähnten. Daher war ich über die Vorgänge in Berlin nicht beängstigt, sondern sah sie als spannende Unterhaltung an. Ich war fast enttäuscht, dass sich aus dem Mauerbau nicht mehr entwickelte. Nach mehreren Tagen entspannte sich nämlich die Situation etwas und aus dem Krieg wurde nichts. Die große Weltpolitik trat für uns auch in den Hintergrund, als Lothar die Windpocken bekam. Er musste für einige Zeit zu Hause in seinem Zimmer bleiben. Die gemeinsamen täglichen Unternehmungen fielen daher aus, leider auch die geheimen Sitzungen auf dem Dachboden.

Ich durfte ihn jedoch besuchen, da ich die Windpocken schon hatte und nicht mehr angesteckt werden konnte. Wir hatten somit viel Zeit darüber zu reden, was wir später alles so machen wollten. Wir konnten sozusagen schon langsam mit der Planung beginnen. Da war zum Beispiel das Kanada-Projekt. Es war fest vorgesehen, dass wir nach der Schule nach Kanada fahren würden, um dort ein Blockhaus zu bauen und darin zu wohnen. Wir würden dann lange angeln, ausgedehnte Wanderungen unternehmen, unterwegs Wild jagen oder mit dem Kanu die Flüsse entlang paddeln und womöglich unbekannte Gegenden entdecken. Vorsorglich hatte ich schon mal eine große Landkarte von Kanada auf die Rückseite einer vom letzten Tapezieren übrig gebliebenen Tapete gezeichnet. Die Grundausrüstung bestand zudem aus zwei Fahrtenmessern, einem Kompass und einer Taschenlampe, so dass uns schon mal nicht so viel passieren konnte. In meiner Fantasie ließen wir uns am Ufer eines kanadischen Sees die selbst gefangenen Fische am Lagerfeuer bei untergehender Sonne schmecken. Lothar war ja im Vergleich zu mir ein Jahr älter. Vielleicht war das der Grund, weshalb er weniger Angst vor Mädchen hatte als ich. Er war jedenfalls derjenige, der die kanadische Einsamkeit ohne Mädchen als einen gewissen Nachteil empfand. Ich hatte da keine Probleme, wir konnten ja unser geheimes Fotoalbum vom Dachboden zum Bestandteil unserer Grundausrüstung machen.

Lothars Vorbehalte hatten einen besonderen Grund. Da kam ich aber erst einige Tage später hinter, als er wieder gesund war und in die Schule musste. Wenn ich behaupte, Lothar hätte eine Freundin gehabt, so war das natürlich nicht richtig. Nein, er hatte seine zukünftige Frau gefunden, meinte er jedenfalls. Ich kannte die Angebetete nicht, wir gingen ja in verschiedene Schulen, er in die evangelische Grundschule in Reuschenberg, ich in die katholische. Dafür beschrieb Lothar mir Ingrid Götze sehr detailliert, so dass ich von ihrer Schönheit beeindruckt war. Er entwickelte einen Plan und es war natürlich klar, dass ich mitmachte. Das Problem war nämlich, dass die Angehimmelte nichts von ihrem Glück wusste. Sie sollte daher durch eine außergewöhnliche Maßnahme von ihrem Verehrer erfahren. Der Plan sah vor, ihr nachts einen Brief in den Briefkasten zu werfen. Lothar schrieb den Brief und wir dachten über ein Verfahren nach, wie wir es in der Nacht anstellen konnten, uns zur gleichen Zeit zu treffen. Lothar war in der Lage, einen Wecker zu organisieren, ich dagegen nicht. Mein Vater hatte den einzigen in unserem Haus und brauchte ihn auch. Wenn ich es schaffte, die ganze Zeit im Bett wach zu bleiben, könnten wir uns zu einem verabredeten Zeitpunkt treffen. Aber das war uns zu unsicher, vielleicht würde ich ja einschlafen und Lothar würde vergebens auf mich warten. Nein, ein anderer Weg war besser. Lothar würde seinen Wecker auf 2.00 Uhr stellen, zu diesem Zeitpunkt wach werden, seine Kleidung anziehen, vorsichtig das Haus verlassen und den kurzen Weg zu mir gehen. Ich wiederum würde mir vor dem Schlafengehen eine lange Kordel um das Handgelenk binden und das andere Ende aus dem offenen Fenster hängen, so dass Lothar an diesem Kordelende bequem ziehen und mich wecken konnte. So machten wir es und ich war sofort hellwach, als ich ein Ziehen an meiner Hand bemerkte. Behutsam schlich ich die Treppe von meinem kleinen Zimmer im Obergeschoss hinunter, wobei ich es vermied, auf die 3. Stufe von oben zu treten. Sie knarrte nämlich und hätte mich womöglich verraten. Die kühle Nachtluft roch nach purem Abenteuer. Wir durchquerten schnellen Schrittes die Enzianstraße, die Eibischstraße, liefen am Elternhaus von Lothar vorbei, bogen in die Mohnstraße ein und erreichten nach wenigen Minuten die Nierenhofstraße. Dort wohnte Lothars Zukünftige. Mit erhöhtem Pulsschlag und leicht gebückter Haltung näherten wir uns dem Hauseingang, wo Ingrid Götze täglich ein- und ausging. Lothar warf seinen Brief in den Briefkasten und wir machten, dass wir schnell wegkamen. Alles lief glatt. Ich erreichte unbemerkt mein Bett und konnte noch nicht wieder einschlafen. Ich bewunderte Lothar. Er hatte nicht nur keine Angst vor Mädchen, er hatte sogar eine Freundin. Die hätte ich auch gerne, dachte ich, dann bräuchte ich mich nicht ersatzweise abends oder auch mitten in der Nacht auf meine Art zu entspannen.

Im April 1962 ergab sich für mich eine bedeutende Änderung in meinem Tagesablauf. Bisher existierte in Reuschenberg nur eine katholische Grundschule, die St. Elisabeth Schule. Da Reuschenberg zwischenzeitlich weiter gewachsen war, hatte man eine zweite katholische Schule, die St. Hubertus-Schule, errichtet, die ich nunmehr besuchte. Zu ihr war mein Schulweg etwas kürzer. Er führte an Lothars Elternhaus vorbei über weitere zwei Straßen zur Aurinstraße, an der auch die evangelische Grundschule lag, die Lothar besuchte. Zwischen den beiden Schulen gab es so gut wie keinen Kontakt. Man war mit Jungs aus der eigenen Schule befreundet. Die Evangelischen brauchte man hierfür nicht. Ich war eine große Ausnahme, da Lothar mein bester Freund war. Es gab auf der neuen Schule einige Änderungen. In meiner Klasse waren plötzlich Jungen und Mädchen und ich hatte einen neuen Klassenlehrer, Herrn Linne vom Berg, der gleichzeitig Rektor der Schule und ziemlich streng war. Wegen der Mädchen war ich gleichermaßen geängstigt wie gespannt. Hoffentlich würde keine direkt neben mir sitzen. Ich hatte nur relatives Glück. Neben mir kam Dirk zu sitzen, ein Junge, der zwei Köpfe kleiner war als ich und meine Körperlänge besonders deutlich machte. Wenn ich aber saß und er stand, waren wir gleich groß. Die Grundschule St. Hubertus hatte sogar eine Englischlehrerin und ich war riesig gespannt, wie wohl eine Frau aussah, die in der Lage war, Englisch zu sprechen. Mit dem Hausmeister, Herrn Döring, dessen Sohn Reinhard eine Automechanikerlehre machte, hatte ich mich in den Pausen angefreundet. Wir diskutierten oftmals über die aktuelle Tagespolitik von Mann zu Mann. Schließlich waren wir, dank meiner ungewöhnlichen Körperlänge als 12-jähriger, gleich groß. Als Kriegsteilnehmer vertrat er in der Verjährungsdebatte der sechziger Jahren vehement die Meinung, dass nationalsozialistische Verbrechen wie andere Straftaten auch verjähren sollten. Ich war da anderer Meinung, was trefflichen Grund zum Debattieren gab. Als ich viele Jahrzehnte später einmal meine ehemalige Schule St. Hubertus aufsuchte, um zu sehen, was sich dort alles in der Zwischenzeit verändert hatte, konnte ich es nicht fassen. Alles sah noch genauso aus wie früher. Zudem sprang mir sofort ein Namensschild auf der Tür des Hausmeisters ins Auge: Döring.

Demnach muss wohl sein Enkelkind in der dritten Generation die Stelle des Hausmeisters übernommen haben.

Silvester 1962 feierten die Eltern von Lothar und mir zusammen den Jahreswechsel. Die Müllers hatten noch weitere Gäste eingeladen, Lothar und ich waren aber die einzigen Kinder. Alle Gäste hatten ihr Zuhause nur wenige Meter entfernt, so wurde ausgiebig gebechert. Da wir im kommenden Jahr bereits 13 und sogar 14 Jahre alt wurden, begnügten wir uns nicht mit der uns zugeteilten kleinen Bierration. Im Keller gab es ganz andere Sachen und wir waren neugierig. Um unseren Geschmackssinn zu testen, suchte immer der jeweils andere eines der hochprozentigen Getränke aus, die dann mit verbundenen Augen probiert wurden. Es ging ziemlich wahllos durcheinander, damit wir auch gut die Unterschiede schmecken konnten. Das gelang uns nur bedingt, denn recht schnell schmeckte alles ziemlich ekelhaft. Aber wer wollte das schon zugeben, Lothar nicht als der Ältere, ich nicht als der Größere. Unser Lieblingsthema Mädchen wurde natürlich nicht ausgespart. Seltsam, ich konnte mir plötzlich gar nicht mehr vorstellen, in Gegenwart von Mädchen ängstlich zu sein oder rot zu werden. Lothar hatte zu Weihnachten eine Gitarre geschenkt bekommen und träumte davon ein Schlagerstar zu werden, dem die Mädchen waschkorbweise Fanpost schrieben und zu Füßen lagen. Ich hätte mich schon mit nur einem Brief begnügt. Lothars Vater fand uns schließlich auf dem Kellerboden sitzend, schlafend an die Wand gelehnt.

Die Schule hatte für mich in 1963 eine weitere Überraschung. Ich erhielt einen neuen Klassenlehrer, Herrn Bastian, von allen Schülern nur Backes genannt, der mich in fast allen Fächern unterrichtete. Hierzu gehörte auch ein neues Unterrichtsfach, so etwas wie Sozialkunde. Es war eigentlich kein richtiges Schulfach, denn es gab weder Hausarbeiten noch Zeugnisnoten. Meine Mitschüler und ich wussten erst mal nur, dass die Mädchen in der Klasse in diesem Fach separat unterrichtet wurden. Das machte die Sache natürlich interessant und die Spannung zu Beginn der ersten Unterrichtsstunde in diesem Fach stieg, als wir unsere Sitzpulte verlassen sollten, um uns in einem engen Kreis zusammen zu setzen. Der Lehrer, Herr Bastian, ein kleiner gedrungener älterer Mann mit Halbglatze fügte sich in den Kreis ein und erklärte uns den Ablauf dieses Unterrichts. Er hatte ein kleines Büchlein in der Hand, von dem wir kaum den Titel lesen konnten. „Woher kommen die kleinen Buben und Mädchen" von Kurt Seelmann, las Backes vor. Das war ja höchst interessant und ein Raunen ging durch die Reihe. Nur Matthias Stickel, der zwei Häuser weiter von mir ebenfalls in der Enzianstraße wohnte, und schon die Unterleibsanatomie einer Frau kannte, als ich noch nicht mal mit dem Wichsen angefangen hatte, rief wichtigtuerisch: *Wissen wir, wissen wir doch alles* und einige nickten verlegen grinsend. *Halt*, sagte Backes, *ich will euch erklären, wie wir vorgehen. Ich werde euch in den kommenden Stunden jeweils einen Absatz vorlesen. Wir haben nur dieses eine Buch. Ihr könnt zwischendurch oder anschließend Fragen stellen und wenn es zu kompliziert wird, können wir ja Matthias fragen*. Nun hatte Backes die Lacher auf seiner Seite. Wohl keiner unter uns hätte offen zugegeben, dass er von diesem Thema keinen Furz von Ahnung hatte, mit Ausnahme von Matthias Stickel natürlich. Und er zählte nicht, denn Matthias hatte Hansi, einen 7 Jahre älteren und sehr erfahrenen Bruder. Jetzt konnte ich zu Lothar richtig klugscheißerisch reden, denn so einen Unterricht gab es bei den Evangelischen nicht. Ich hatte zwar keine Freundin, aber theoretisch wusste ich, wie es ging.

Das Fernsehen in Deutschland hatte seit dem 1.4.1963 eine neue Attraktion. Das ZDF nahm den Sendebetrieb auf und bot damit zur ARD einen zusätzlichen Sendekanal. Was für ein Luxus. Zwei parallele Fernsehmöglichkeiten. Da war man manchmal glatt überfordert, wenn auf beiden Kanälen etwas Interessantes lief. Und auch Streit und Ärger war manchmal vorprogrammiert. Nämlich dann, wenn die Eltern oder die kleine Schwester etwas anderes sehen wollte als man selbst. Die Sportbegeisterten konnten im ZDF ab August 1963 jeden Samstagabend das *Aktuelle Sportstudio* sehen. Im selben Monat startete auch die neue Fußballbundesliga mit 16 Vereinen. Endlich gab es in Deutschland eine landesweite Liga mit den besten Mannschaften. In den anderen großen europäischen Fußballnationen war dies schon länger die Regel. Zuvor bildeten die Oberliga Nord, Oberliga West, Oberliga Südwest, Oberliga Süd und die Stadtliga Berlin mit insgesamt 74 Vereinen die höchste deutsche Spielklasse. Das aktuelle Sportstudio widmete sich insbesondere der neuen Fußballbundesliga und wurde schnell für Fußballfreunde eine Institution. Auch für meine Freunde und mich. Dabei spielte keiner von uns aktiv Fußball. Wir waren alle Theoretiker, die aber jede Menge Ahnung hatten und dem Bundestrainer sagen konnten, was bei einem verlorengegangenen Länderspiel besser gemacht werden musste. Was das aktive Fußballspielen anging, gab es eine Ausnahme. Da ich einer der wenigen aus der katholischen St. Hubertus-Schule war, der über Lothar Kontakt zur evangelischen Michael-Ende-Grundschule in Reuschenberg hatte, organisierte ich ein Fußballspiel zwischen diesen beiden Schulen. Spielführer auf der katholischen Seite war Kaka. So nannten wir Karl-Heinz Brünner, der vielleicht der schwächste Schüler, aber der beste Fußballer in meiner Klasse war und mit einem Bein leicht humpelte. Vielleicht war das ja sein Geheimnis, warum er so gut dribbeln konnte. Jedenfalls war er der beste Spieler auf dem Platz. Dennoch war es ihm nicht vergönnt, ein Tor zu schießen. Allein, weil seine Mitstreiter, ich allen voran, so unsagbar miserabel spielten. Am Ende verloren die Katholischen mit 0:6 Toren. Dass wir nur mit 9 Mann spielten, kann nicht entschuldigend als Grund für dieses Desaster angeführt werden, denn die Evangelischen hatten sogar noch einen Spieler weniger als wir.

Eines Tages im Winter des Jahres 1963 wachte ich in einem fremden Bett in einem mir unbekannten Zimmer auf und war völlig orientierungslos. Ich hatte keine Ahnung, wo ich war. Alles sah ich durch einen schleierartigen Nebel und ich hatte leichte Kopfschmerzen. Die Wände waren weiß, die Betten, die im Raum standen auch und die Personen, die dann und wann von Bett zu Bett gingen, waren ebenfalls weiß gekleidet. Hatte ich das Gefühl für Farben verloren oder war ich vielleicht im Himmel gelandet? Die Situation war mir mehr als peinlich. Fragen wollte ich niemanden, ich wäre mir sehr albern vorgekommen. Was sollte ich tun? Irgendwann bemerkte man, dass ich die Augen aufgeschlagen hatte und eine freundliche, natürlich weiß gekleidete Frau erkundigte sich nach meinem Befinden. Es stellte sich dann heraus, dass ich mit einer Gehirnerschütterung im Krankenhaus lag. Auf dem Heimweg von der Schule nach Hause hatten mich zwei Halbstarke niedergeschlagen. Offenbar ohne Grund; ich konnte mich an die Situation überhaupt nicht erinnern. Zwei Mitschüler, die mich begleiteten, erzählten den Hergang. Glücklicherweise wurden die Gewalttäter gefasst und später auch verurteilt. Durch diese Episode wurde meine bereits vorhandene Abneigung zu körperlicher Gewalt noch verstärkt. Vielleicht, weil ich bei solchen Situationen immer den Kürzeren zog. Ich habe da mehr die Macht der Argumentation geschätzt. Pure Gewalt war für mich immer ein Zeichen von Hilflosigkeit. Sie sollte auch bei politischen Fragen, bei internationalen Auseinandersetzungen nur nach genauer Abwägung der Vor- und Nachteile eine Option sein. Dann aber eine, die konsequent und stringent durchgeführt wird. Als junger Mensch neigt man ja eher zu klaren und eindeutigen, um nicht zu sagen, radikalen Meinungen. Das Taktieren und Abwägen einer Entscheidung, die Suche nach einem Kompromiss wird eher von Erwachsenen gepflegt, die verschiedene Interessen ausgleichen wollen. Manchmal scheint mir da die einfachere Lösung die ehrlichere zu sein. An meine private gewalttätige Begegnung auf dem Schulweg erinnerte mich noch einige Zeit mein Vorderzahn, weil dieser dabei die rechte Ecke eingebüßt hatte.

Um das Haushaltsgeld etwas aufzubessern, hatte meine Mutter an drei Tagen in der Woche eine Halbtagsbeschäftigung als Haushaltsgehilfin bei den Hankes, einer Fabrikantenfamilie in Neuss-Selikum, der die Firma Silesia Gerhard Hanke gehörte, angenommen. Für mich ergaben sich hierdurch keine nennenswerten Änderungen. Die Arbeitszeit meiner Mutter war zumeist zeitgleich mit meinem Schulbesuch. Meine Mutter hatte bei den Hankes eine junge Arbeitskollegin, Karin. Sie wohnte im Haus der Hankes, kam aus Niedersachsen und hatte anfangs keinerlei Freunde oder Bekannte in Neuss. So kam es, dass sie im Sommer schon mal ihren freien Tag bei uns verbrachte, sich im Garten erholte und mit meiner Mutter plauschte. Als ich Karin das erste Mal sah, hatte meine Mutter ihren Besuch natürlich angekündigt. Dennoch gelang es mir nicht, meine Verlegenheit auch nur andeutungsweise zu verbergen. Ich fühlte das Brennen meiner roten Wagen und rang nach Luft und Worten. Karin war 24 Jahre alt, 172 cm groß, brünett, schlank und sah fantastisch aus. Jedenfalls für einen 14-jährigen, der keinerlei Erfahrung mit Mädchen, sondern allenfalls theoretische Kenntnisse aus dem Schulunterricht hatte. Sie war für mich der Inbegriff einer femininen Frau und ich verliebte mich auf der Stelle in sie. Als ich ihr die Hand zur Begrüßung gab, brachte ich keinen Ton heraus und wusste auch nicht, wo ich hinschauen sollte. Dabei sah Karin in ihrem Sommerkleid besonders attraktiv aus. Der hohe Rocksaum gab den Blick auf ihre schlanken Beine frei und das Kleidoberteil modellierte ihre kleinen Brüste. Ich musste erst einmal schnell zur Toilette, um mich abzureagieren und war dann eher in der Lage, einen klaren Gedanken zu fassen. Wie konnte ich mich am besten an der Unterhaltung beteiligen, was sollte ich sagen und wie sollte ich mich verhalten? Ich war noch nie in so einer Situation gewesen und hatte keine Ahnung, was junge Männer so redeten, um sich interessant zu machen. Vielleicht über Literatur sprechen, ich könnte sie fragen, was sie gerade las, ja, das wäre eine gute Frage. Oder ob sie sich für Malerei interessieren würde. Das war ein Bereich, in dem ich mich recht gut auskannte. Ich könnte dann so nebenbei einwerfen, dass ich selbst malte und würde mich dadurch etwas interessanter machen. Die beiden Frauen waren während meiner Abwesenheit in den Garten gegangen und unterhielten sich über die Neuanpflanzungen meiner Mutter und deren Pflege. Mist, hierzu konnte ich überhaupt nichts beitragen. Blumen, Pflanzen und Gemüse waren für mich eins, ich kannte noch nicht einmal die genauen Unterschiede, sie interessierten mich überhaupt nicht. Während sich die Frauen unterhielten, konnte ich Karin unbemerkt von allen Seiten beobachten. Die Anmut ihrer Bewegungen, wenn sich das Kleid beim Gehen bewegte und mehr von ihren Beinen zeigte. Die freiliegenden Arme und die wohlgeformten Schultern, alles war ein beunruhigender Augenschmaus. Meine Mutter musste mich mehrmals an meinen anstehenden Trainingstermin erinnern. Ich hätte am liebsten das Leichtathletiktraining ausfallen lassen, an dem ich seit geraumer Zeit zweimal wöchentlich bei der DJK Novesia im Jahnstadion in Neuss teilnahm. Als ich mich von Karin verabschiedete, tröstete ich mich damit, dass sie sicherlich bald wiederkommen würde. In bester Stimmung, das Herz hoch hüpfend, hätte ich die ganze Welt umarmen können. Beschwingt setzte ich mich aufs Fahrrad, um zum Sporttraining zu fahren und malte mir schon genussvoll aus, was ich Lothar von meiner neuen Bekanntschaft erzählen würde. Es war wunderbar, eine Freundin zu kennen, wie würde es erst sein, eine Freundin zu haben?

Zum vergangenen Weihnachtsfest hatte ich einen Plattenspieler aus dem Bertelsmann-Katalog geschenkt bekommen. Wegen der großen Nachfrage konnte er jedoch erst Anfang Februar 1964 ausgeliefert werden. Ich hatte dieses kostbare Gerät also erst wenige Monate und meine Plattensammlung war sehr übersichtlich. Sie bestand aus einer Beatles-LP und zwei Single-Platten, „And I Love Her" und „A Hard Day's Night", ebenfalls von den Beatles. Letztere hatte ich mir von meinem Taschengeld für jeweils 4,95 DM selbst gekauft. Preiswerter war natürlich, Musik aus dem Radio zu hören. Ein festes Datum hierfür war die Hitparade von Radio Luxemburg, die sonntagnachmittags gesendet wurde. Lothar und ich hörten die Hitparade oft bei seinen oder meinen Eltern gemeinsam. Wie anhand meiner Schallplatten unschwer zu ersehen ist, war ich ein Fan der Beatles. Lothar dagegen hielt fest zu den Rolling Stones. Es war für mich jedes Mal ein persönlicher Triumph, wenn die Beatles besser platziert waren als die Rolling Stones. Im März 1964 hatte ich Grund zu besonderer Freude. Die Beatles rangierten nicht nur in der Top Twenty von Radio Luxemburg ganz oben, sondern sie schafften auch ein noch niemals zuvor erreichtes Phänomen: In der US-Hitparade belegten sie die ersten fünf Plätze. Es machte uns immer einen riesigen Spaß, die von uns in der sonntäglichen Hitparade favorisierten Songs bei voller Lautstärke und offenen Fenstern zu hören. Schließlich waren wir in der Pubertät und konnten mit dem Geschreie der langhaarigen Musikgruppen vortrefflich die Spießbürger ärgern. Lothars Onkel Hans fragte uns dann auch, ob gerade die Kojots oder Schakals spielen würden, er nahm das Ganze also recht gelassen. Natürlich ließen wir uns die Haare auch länger wachsen, bis unsere Eltern intervenierten. Und das ging schnell, denn sie verstanden da keinen Spaß. Für sie waren lange Haare unhygienisch und aufrührerisch. Unsere Hinweise, dass Mädchen auch lange Haare trügen und nicht im Dreck erstickten oder dass lange Haare vor Mittelohrentzündungen schützten, wurden nicht akzeptiert. Wir mussten um jeden Zentimeter Haarlänge kämpfen. Eine weitere Möglichkeit, die spätpubertäre Protestphase zu artikulieren, war das Tragen von Hosen mit breiten Schlägen. Zwar gab es hier eine breite Palette von modischen Angeboten, aber unsere Eltern zogen die klassische Form vor und setzten sich durch. Sie saßen schließlich am längeren Hebel, denn sie sollten die Hosen bezahlen. Zum Glück gab es fast keine normalen Hosen mehr zu kaufen, die hatten alle einen mehr oder weniger breiten Schlag.

Aus meiner intensiven Zweierfreundschaft mit Lothar war zwischenzeitlich eine Dreiergruppe entstanden. Gregor Ahrens, ein Schulkamerad aus meiner Klasse, hatte sich angeschlossen. Gregor war ein wahrer Naturbursche, immer optimistisch und für jeden Spaß zu haben. Dabei waren seine Eltern und auch seine beiden älteren Brüder Franz und Elmar eher bieder. Mit Gregor jedenfalls konnte man so einiges anfangen. Mit ihm sollte ich später tolle Abenteuerurlaube verbringen. Mit Gregor teilten wir fast alles – aber nur fast. Die nackten Frauen auf dem Dachboden jedenfalls nicht. Die gehörten uns und die hübschesten waren entweder an Lothar oder an mich vergeben. Es war schon schwierig genug, die Aufteilung zwischen uns möglichst gerecht durchzuführen. Ein Dritter hätte da nur Chaos verursacht. Von der Existenz der Frauen durfte kein anderer wissen. Wohl aber sprachen wir im vertrauten Kreis unserer verschworenen Gemeinschaft von unseren sündigen Träumen und Vorstellungen. Es machte Spaß darüber zu reden. Gesprochene Worte waren der Realität viel näher als geheime Gedanken und gemeinsames Sündigen wog weniger schwer als wenn es jeder alleine tat. Gregor war katholisch wie ich und musste jeden Furz, der nicht mit dem Katechismus einherging, Pfarrer Doppelfeld oder seinen Gehilfen beichten. Ich nahm diese ganze Beichtangelegenheit von der praktischen Seite. Ob man einmal oder zehnmal die gleiche Unkeuschheit beging, war letztlich ohne Unterschied, man musste zur Buße zwanzig Gebete sprechen. Der diesbezügliche Tarif zeigte da nur eine geringe Anpassungsfähigkeit. Die Beichtintervalle konnten noch so kurz sein, irgendetwas fiel immer an, so dass mir die Häufigkeit der Sünden mit zunehmendem Alter eigentlich wurscht war. Gregor sah das ähnlich. Lothar brauchte nicht zu beichten und auch nicht so oft die Heilige Messe besuchen. Er dankte seinen Eltern, dass er evangelisch war. Etwas anderes machte uns mehr Sorgen. Jemand hatte uns gesagt, dass man im Leben nur tausend Schuss hätte, also nur tausendmal Wichsen könnte. Dann wäre es aus und es käme nichts mehr. Ich glaubte das nicht so recht, war mir aber auch nicht ganz sicher und überlegte, ob ich mir vielleicht eine Strichliste anlegen sollte. Dann könnte ich die ganze Sache so weit strecken, bis ich – wann auch immer in der Zukunft – eine Frau hätte, mit der ich sicherlich Kinder haben wollte. Aber einfacher war natürlich, nicht daran zu glauben. Schließlich glaubten Lothar und Gregor auch nicht daran. Wenn ich mir einen runter holte, das war zumeist abends im Bett vor dem Einschlafen oder auch schon mal zwischendurch, beschäftigte ich mich auch weniger mit hochtrabenden moralisch-religiösen oder medizinischen Problemen, vielmehr gab es ganz andere naheliegende Fragestellungen. Wohin mit der produzierten Wichse? Einfach in die Hose schießen, ein Handtuch, ein Tempo oder ein normales Taschentuch nehmen? Ich war da nicht so wählerisch und nahm, was gerade da war. Abends, wenn ich mir genüsslich alle Zeit der Welt nehmen konnte, nahm ich zumeist ein Tempotaschentuch oder die am Tage getragene Unterhose, wenn sie hierfür noch einsatzbereit war. Das Tempotuch musste ich dann am folgenden Morgen nur unbemerkt entsorgen. Schließlich wollte ich keine Mitwisser meiner unkeuschen Aktivitäten haben. Lothar löste dieses Problem ähnlich, aber mit einem anderen Ausgang. Er warf die benutzten Tempos aus dem Fenster, damit konnten sie schon mal nicht in seinem Zimmer von seiner misstrauischen Mutter gefunden werden. Am anderen Morgen, vor dem Schulweg, vergrub er dann kurzerhand die Produkte seiner verwerflichen abendlichen Aktivitäten an Ort und Stelle im Garten. Eines Samstags, als Lothar mit seinen Geschwistern, Norman und Birgit, sowie seinen Eltern zum Mittagessen zusammen saß, eröffnet sein Vater das gemeinsam Mahl mit einer schallenden Ohrfeige für Lothar. Vater Willi sagte keinen Ton und trotzdem war Lothar sofort klar, was vorgefallen sein musste. Sein Vater hatte am Samstagvormittag den Teil des Gartens umgegraben, der von Lothar als Grabstätte für die Überreste seiner wild-feuchten Fantasien genutzt wurde, und sofort messerscharf kombiniert.

Unweit der katholischen St. Hubertus-Schule, die ich seit 1962 besuchte, lag die katholische St. Hubertus-Kirche. Es war eine Zeit, in der nicht nur Schulen, sondern auch noch Kirchen neu gebaut wurden. Beide Baulichkeiten waren neue, moderne Gebäude, die am Rand eines Waldes lagen. Die Schule am Selikumer Park und die Kirche in der Nähe eines Waldstückes, durch das die Obererft floss. Von meinen Eltern wurden meine Schwester und ich angehalten, sonntags die Morgenmesse zu besuchen. Sie selbst gingen nur zu besonderen Anlässen mit. Ich regte mich zwar auf, jedes Mal diese langweilige Prozedur ertragen zu müssen, aber letztlich hatte ich ja im Katechismusunterricht gelernt, dass der wöchentliche Kirchenbesuch völlig normal sei und dem Seelenheil diene. Also schluckte ich die bittere Pille, zumal als Belohnung für den Kirchgang der anschließende Besuch der Pfarrbibliothek, deren Räumlichkeiten direkt neben der Kirche lagen, winkte. So richtig interessante Bücher führte die Bibliothek allerdings nicht. Ich meine Bücher in der Art, wie „Woher kommen die kleinen Buben und Mädchen", das wir bei Lehrer Bastian im Unterricht durchnahmen. Auch so etwas ähnliches, vielleicht sogar bebildert, fand ich nicht. Die Bibliotheksmitarbeiterin fragen wollte ich auch nicht. Sie hätte mich womöglich als Sittenstrolch angesehen und den weiteren Zugang zur Bibliothek verwehrt. Es gab dafür andere spannende Bücher von Erich Maria Remarque, Johannes Mario Simmel, Karl May oder Heinz Konsalik, sowie interessante zeitgeschichtliche Literatur des 20. Jahrhunderts. Zum Kirchgang nahm ich die von der letzten Woche mitgenommenen und gelesenen Bücher mit, um sie nach der Messe gegen neue Bücher zu tauschen. Dann und wann hatte ich eines der Bücher noch nicht zu Ende gelesen. Die Messe bot mir dann die letzte Gelegenheit, schnell noch und ohne großes Aufsehen den restlichen Teil des Buches zu lesen.

Zu allem Überfluss wurde die Heilige Messe auch noch dienstags und donnerstags jeweils um 8.00 Uhr zum Bestandteil des schulischen Stundenplans. Die Teilnahme war noch eintöniger als sonntags, denn ein Buch während der Messe zu lesen war wochentags nicht möglich. Unser Klassenlehrer, Herr Bastian, achtete darauf, dass sich alle anständig verhielten. Während der Messe gab es nicht einmal die Möglichkeit, aus dem Fenster zu schauen und zu träumen, wie ich es gerne in der Schule machte, denn die Kirchenfenster waren aus buntem Glas und erlaubten keinen Durchblick. Dafür konnte man in aller Ruhe die vor einem stehenden männlichen und vor allem weiblichen Mitschüler betrachten. Man brauchte keine Angst zu haben, dass die fantasievollen Tagträume durch eine Frage vom Klassenlehrer gestört wurden. Er saß in der letzten Reihe, damit er alle seine Schäfchen gut im Blick hatte. Herr Bastian hatte nur noch wenige Jahre bis zur Pensionierung. Dennoch war er mit Elan und Hingabe Lehrer, der wie ein guter Vater streng und warmherzig zugleich sein konnte.

Jedes Schuljahr hatte zwei sportliche Höhepunkte: die Bundesjugendspiele. Im Winter das Geräteturnen und im Sommer die Leichtathletik. So sehr ich mich auf die Sommerspiele freute, so sehr hasste ich die Winterspiele. Zum Geräteturnen war ich völlig ungeeignet. Meine langen Arme und Beine verhedderten sich bei den Übungen am Barren, Reck und Bock und es fehlte mir der nötige Gleichgewichtssinn für die Körperbeherrschung. Da half auch die Devise von Lehrer Bastian *wirf zuerst dein Herz über das Hindernis und der Rest kommt dann von selbst hinterher* nicht. Ich fluchte bei jeder Übung innerlich und schämte mich, so eine ungelenke Gestalt abzugeben. Zumal ich mich selbst ja als sehr sportlich einschätzte. Wenn ich es irgendwie arrangieren konnte, zog ich mir rechtzeitig vor den Winterspielen eine Verletzung, eine Zerrung, Verstauchung, Darminfektion, Erkältung oder hoch intensive Bauchschmerzen zu. Egal was, es musste nur für eine Freistellung von dieser Tortur reichen. Ganz anders dagegen war die Situation bei den Bundesjugendspielen im Sommer. Schon Tage zuvor erfasste mich eine leistungsfördernde Nervosität. Am Morgen des Wettkampftages aß ich ein sorgsam zusammengestelltes Frühstück aus Haferflocken, Milch und Saft. Auf dem Fußweg zum Sportplatz, welcher direkt neben der St. Hubertus-Schule lag, bereitete ich mich mental auf die drei anstehenden Disziplinen vor. Im 50-Meter-Sprint und im Weitsprung war ich nicht zu schlagen, das wusste ich, da kämpfte ich nur für eine hohe Punktzahl im Gesamtergebnis. Im Ballweitwurf gab es dagegen einige Wettbewerber, die zwar kleiner als ich, dafür aber deutlich kräftiger waren und die mir gefährlich werden konnten. Es kam so, wie ich es erwartet hatte. Beim Weitwurf wurde ich Dritter und in den anderen beiden Disziplinen jeweils deutlich Erster. Die Lehrer mussten bei der korrekten Ermittlung der Punktzahl für den Sprint und den Weitsprung Hochrechnungen machen, da meine Ergebnisse außerhalb der Punktetabelle lagen. Für mich war es nicht nur eine Frage der Ehre, sondern auch für das Selbstbewusstsein enorm wichtig, die höchste Punktzahl von allen Schülern in der Schule zu erkämpfen, was mir auch gelang. Wenn ich schon bei Mädchen keine Chance hatte, so sollte wenigstens der Sport einen Ausgleich bringen.

Aus den beiden ältesten männlichen Jahrgängen der Schule wurden die Schülerlotsen requiriert, die allen Schülern das Überqueren der Aurinstraße, die man passieren musste, um zur Schule zu gelangen, erleichterte. Diese Straße wurde insbesondere morgens intensiv befahren. Allein schon wegen meiner Körpergröße war ich für diese Aufgabe prädestiniert. In Verbindung mit den formalen Utensilien, einer weißen Kelle mit rotem Punkt, einem rot-weißen Käppi und einem breiten weißen Gürtel, der um die Hüfte und quer über den Oberkörper gelegt und von einem Koppel zusammen gehalten wurde, wirkte ich fast wie eine Amtsperson. Mir behagte das alles zunächst gar nicht. Mit meiner langen Gestalt und der ausgefallenen Uniform wirkte ich nur noch auffälliger, zumal einige Schüler sich von einem uniformierten Lulatsch überhaupt nichts sagen ließen und die Straße überquerten, wann und wo sie wollten. Die jüngeren Schüler waren dann hin und her gerissen, wie sie sich verhalten sollten. Den aufmüpfigen Spaß der Älteren mitzumachen oder sich vom polizeiähnlichem Gehabe eines überforderten Schülerlotsen einschüchtern zu lassen. Ich versuchte mich aber durchzusetzen. Wenn richtige Lastwagen meiner Kelle folgten und anhielten, so sollte das auch bei jüngeren Mitschülern möglich sein. Mit der Zeit entwickelte ich eine gewisse gelassene Autorität und die Arbeit machte zusammen mit den anderen Schülerlotsen richtig Spaß.

Als Schülerlotse hätte ich ja Gelegenheiten genug gehabt, ein paar nette Worte mit den Mädchen zu wechseln, die ich interessant fand und mit männlichem Schutz über die gefährliche Aurinstraße leitete. Wenn ich nur gewusst hätte, wie man so etwas anstellt. Die anderen Lotsen konnten dies offensichtlich. Sie waren zwar nicht in der Lage, bei den Bundesjugendspielen mitzuhalten und überlegten auch nicht vorher, was sie einem Mädchen sagten, sondern sprudelten einfach drauf los, ohne den Unsinn zu bemerken, den sie meiner Meinung nach produzierten. Ich dagegen hätte gerne etwas Intelligentes zum Beispiel zu Beate Knittel, meinem Schwarm aus meiner Klasse gesagt, wenn sie mit ihrem spöttischen Lächeln zu uns Lotsen kam, um sich über die Straße führen zu lassen. Aber da hatte Matthias Stickel, der ebenfalls Schülerlotse war, ihr längst ein paar Worte zugeworfen. Worte, die ich nie herausbekommen hätte, die mir stärker die Röte ins Gesicht trieben als ihr, der die Worte galten. Mir fiel auf die Schnelle einfach nichts Vernünftiges ein. Am nächsten Tag auch nicht und am Tag danach ebenso nicht. Beate kam ja auch nur ein Mal am Tag zur Schule, so dass ich jedes Mal aufs Neue von der Situation völlig überrascht war, dass sie vor mir stand und ich natürlich nichts parat hatte, was für sie in ihrem weiteren Leben unvergesslich wäre oder so ähnlich. Nein, mit Beate kam ich in anderer Weise ins Gespräch. Nicht direkt, sondern über unseren Lehrer Bastian. Wenn sie im Unterricht etwas sagte – und das war recht häufig der Fall, denn sie war die Klügste in der Klasse –

dann kommentierte ich das besonders kritisch. Das war nicht einfach, denn in aller Regel hatte alles, was sie sagte, Hand und Fuß. Ich musste demnach noch etwas Klügeres oben auf setzen, was mir selten genug gelang.

Im Laufe des Jahres 1964 ereignete sich etwas in der Modewelt, das jeden Jungen interessieren musste. Der Minirock, der von der Engländerin Mary Quant kreiert wurde, hielt Einzug. Nicht nur kleine Mädchen, nein auch Teenager in unserem Alter und sogar erwachsene Frauen trugen die Röcke immer kürzer. Ich fand das super toll, hatte jetzt aber noch mehr Hemmungen, mit einem Mädchen zu sprechen. Wie sollte man auch ganz normale Fragen stellen oder ein beiläufiges Gespräch entwickeln können, wenn es beim Anblick des Gesprächspartners in der Hose zu eng wurde und man nicht wusste, wohin mit der überschüssigen Energie. Ein kleiner Ersatz war, mit Lothar verbal eine Traumwelt aufzubauen, in der die schönsten Mädchen uns nachstellten und wir den Andrang nicht bewältigen konnten. Eine richtig erwachsene Frau, so Ende Zwanzig, war das Idealbild und hatte natürlich eine viel größere Wertigkeit als ein Mädchen in unserem Alter.

Während meine Schwester Angelika von der St. Elisabeth-Schule auf das Gymnasium Marienberg in Neuss wechselte, wurde ich im März 1965 aus der Grundschule entlassen. Meine Eltern hatten intensiver als ich bereits in der zurückliegenden Zeit überlegt, welchen Beruf ich erlernen sollte, konnten sich aber nicht entscheiden. Für meine Mutter war damit nur ein Wunsch verbunden, ich sollte „keinen Blaumann" tragen müssen. Zuerst verstand ich nicht, was sie meinte. Gegen einen blauen Anzug mit farbig passendem Hemd und Krawatte wäre doch nichts einzuwenden. Aber sie dachte an einen Monteuranzug, wie ihn Arbeiter oder Handwerker bei der Arbeit nutzen. Da ich meine beste Schulnote im Bereich Malen und Kunst hatte, lag es nahe, eine Berufsausbildung aus diesem Umfeld zu präferieren. Zum Beispiel Designer. Mein Vater aber meinte, es wäre zu unsicher, ob ich wirklich damit meinen Lebensunterhalt verdienen könnte. Ein kaufmännischer Beruf oder eine Beamtenlaufbahn wären da sicherer. Es könnte daher nichts schaden, wenn ich erst einmal eine Fortbildung, wie die zweijährige Handelsschule, absolvieren würde. Ab 1.4.1965 besuchte ich daher die Städtische Handelsschule in Neuss an der Weingartenstraße. Ich bekam erste Einblicke in das Rechnungswesen, die Betriebs- und Volkswirtschaftslehre und lernte praktischerweise auch Maschineschreiben und sogar Stenografie. Während ich Steno in der Praxis kaum anwendete, habe ich das Maschinenschreiben nach dem 10-Finger-System, welches ein sehr schnelles Schreiben ermöglicht, schätzen gelernt. In diesem Fach war ich sogar einer der Besten, obwohl ich im Winter mit einem Handicap zu tun hatte. Da das Maschineschreiben mittwochs und freitags durch Herrn Ulschmidt in den jeweils ersten Schulstunden stattfand und ich mit dem Fahrrad zur Schule fuhr, waren meine Finger morgens oftmals noch klamm oder kalt und wurden erst im Verlauf der Unterrichtsstunde gelenkig. Herr Ulschmidt, bei dem wir Steno und Maschineschreiben hatten, war für mich ein Phänomen an Schnelligkeit. Wie konnte man gleichzeitig so dicke Finger haben und dennoch so flink mit ihnen umgehen. Mein Klassenlehrer war während der gesamten zwei Jahre Herr Möllenbrinck, ein angenehmer, erfahrener Lehrer, der nicht nur fachliches Wissen vermittelte, sondern auch viel für die Stärkung unserer Sozialkompetenz tat.

Wie schon erwähnt, nutzte ich für den Schulweg nicht die öffentlichen Verkehrsmittel, sondern mein Fahrrad. Dies war sportlicher und nebenbei auch sparsamer. Mit diesem Fahrrad plante ich zusammen mit Lothar eine mehrtägige Radtour. Im August 1965 starteten wir. Unser erstes Ziel war Cochem an der Mosel. Dort wohnte nicht nur ein Onkel von Lothar, bei dem wir übernachten wollten, sondern im gleichen Ort lebte auch Marianne, die Tochter eines weitläufigen Verwandten. Lothar beschrieb mir dieses Wesen in den schillernsten Farben. Gutaussehend, unkompliziert und für jedes Abenteuer zu haben. Von Cochem aus sollte es nach Altenkirchen im Westerwald weitergehen. Dort hatte Günther, der Onkel von Lothar, dessen erotischer Bildband sich immer noch auf dem Dachboden bei Lothars Eltern in sicherer Verwahrung befand, seine Ferienwohnung. Voller Tatendrang und Erwartung starteten wir an einem sonnigen Ferientag nach einem gemeinsamen Frühstück mit Haferflocken, Rübenkrautbroten und viel Milch zu unserer „Onkel-Tour". Knapp 130 Kilometer lagen am ersten Tag vor uns. Wir waren noch keine zwei Stunden unterwegs, als sich unser Hinterteil unangenehm bemerkbar machte. Mit jedem Kilometer, dem wir uns unserem Ziel näherten, nahm der Schmerz zu. Wir versuchten, uns durch Gewichtsverlagerung des Gesäßes Erleichterung zu verschaffen, was nur kurzzeitig gelang. Auch unsere Gedanken an die liebreizende Marianne linderten die Strapaze nur mäßig. Als wir Neuenahr-Ahrweiler erreichten, hatten wir die Idee, eine Apotheke aufzusuchen, um eine geeignete Salbe zu kaufen. Mit steifen Beinen, als wenn wir tagelang auf einem Mustang ohne Sattel geritten wären, betraten wir die Delphin-Apotheke in der Wilhelmstraße 54. Als wir an der Reihe waren, fragte uns eine junge Angestellte nach unserem Anliegen. Sowohl Lothar als auch ich warteten mit rotem Kopf darauf, dass der jeweils andere unser Handicap vortrug. Wir genierten uns einfach, unser allzu natürliches Problem zu beschreiben und kauften dann kurzerhand lediglich eine Rolle Pfefferminzbonbons. Nun, an den Pfefferminzbonbons wird es nicht gelegen haben, dass wir letztendlich dennoch, wenn auch ziemlich erschöpft und mit einem dicken Wolf zwischen den Beinen, bei Lothars Onkel ankamen. Er hatte für uns ein kräftiges Abendessen und eine fast neue Dose Penatencreme, die wir großzügig auf die Problemzonen verteilten. Am nächsten Tag setzten wir unsere Reise Richtung Altenkirchen fort, ohne Marianne, das Hauptziel für diese Zwischenstation, gesehen zu haben. Sie war gar nicht in Cochem, sondern für ein paar Tage in ein Ferienlager gefahren. Unsere Hintern schmerzte anfangs zwar noch, der

Schmerz ließ jedoch mit zunehmender Wegstrecke nach. Onkel Günther hatte in Altenkirchen nicht nur eine Ferienwohnung, sondern auch einen großen Fischteich mit Unmengen von Karpfen, Forellen und Aalen. Zum ersten Mal in meinem Leben aß ich abends eine große Portion Karpfen blau, eigentlich ein Weihnachtsessen, aber wir waren halt neugierig, wie so etwas schmeckte. Auf der Rückfahrt nach Neuss hatte Lothar auf halber Wegstrecke eine Reifenpanne. Wir konnten die defekte Stelle im Schlauch nicht finden und waren drauf und dran, seinen Vater anzurufen, damit er uns mit seinem Wagen abholte. Schließlich siegte aber unser Stolz, mit dieser Situation alleine fertig zu werden, zumal die beiden Fahrräder gar nicht in den Wagen von Lothars Vater gepasst hätten.

Es war an einem Dienstag im September 1965. Ich war alleine zu Hause, meine Mutter war mit meiner Schwester Agi zu Dr. Orth, dem praktischen Arzt, gegangen. Es hatte an der Haustür geschellt und ich öffnete in der Erwartung, dass Lothar oder Gregor zu mir kamen. Nein, weder noch, sondern Karin, die junge Kollegin meiner Mutter bei den Hankes, mein Schwarm, stand mit einem Lächeln und einem kleinen Blumenstrauß vor mir. Sie sah hinreißend aus und löste bei mir ein Pulsieren in der Körpermitte aus. Vor Aufregung bekam ich kein Wort heraus. *Hallo, Gernot, ich möchte nur kurz Guten Tagen sagen,* flötete sie mit gutgelaunter Stimme und reckte etwas den Hals, um meine Mutter zu entdecken. Mir fiel nichts Besseres ein als *Meine Mutter ist nicht da* zu entgegnen und hätte mir gleichzeitig wegen dieser Bemerkung in den Hintern beißen können. Zum Glück schlug sie nicht den direkten Rückweg ein, sondern erkundigte sich, wo meine Mutter denn wäre und wann ich sie zurück erwarten würde. *Sie ist bestimmt gleich wieder da*, antwortete ich geistesgegenwärtig. Doch davon konnte kaum die Rede sein. Meine Mutter hatte mir nämlich gesagt, dass es etwas dauern könnte, da sie nach dem Arztbesuch noch einige Einkäufe tätigen wollte. Ich schlug vor, Karin solle doch so lange warten, bis meine Mutter zurück wäre. Tatsächlich kam sie ins Wohnzimmer. Bevor sie sich setzte, nahm ich ihr den Mantel ab und lief abermals rot an, als ich ihre weiblichen Rundungen wahrnahm. Mir war nicht klar, bei welcher Situation ich mehr aus der Fassung geraten wäre. Wegen der verpassten Gelegenheit mit ihr zu sprechen, wenn sie wieder gegangen wäre, oder wegen des Problems, mit ihr eine Unterhaltung zu führen, wenn sie bliebe. Wie machten das andere Jugendliche in meinem Alter? Ich dachte an meinen Schulkameraden Matthias Stickel. Er hatte nicht vor Mädchen, ja noch nicht einmal vor richtigen Frauen Angst. Matthias hatte nach eigenem Bekunden auch schon mehrere Mädchen gevögelt und fand bestimmt die richtigen Worte, um eine Frau wie Karin zu unterhalten. Karin war im Laufe des Sommers einige wenige Male bei uns gewesen und meine heiße Zuneigung zu ihr war unverändert. Sie fragte mich, wie die Schule wäre, worauf ich eher einsilbig antwortete und wie es im Sportverein so ginge, was ich nicht nur in ganzen Sätzen, sondern auch mit einer gewissen Übertreibung meiner sportlichen Leistung beschrieb. Sie hatte das Gespräch fest in der Hand und ihre schlanken Beine dabei übereinander geschlagen. Ich hätte ihre Beine gerne intensiv mit meinen Augen gestreichelt, versuchte aber, möglichst unbefangen in ihr Gesicht zu schauen. Ihr konnte das nicht entgangen sein, aber sie blieb recht gelassen. *Mir ist übrigens aufgefallen*, meinte sie, *dass du mich vorhin formgerecht mit einem freundlichen Handschlag empfangen hast. Aber*, fuhr sie fort, *dein Händedruck ist etwas zu schwach. Frauen mögen es, wenn sie bei einem Mann Stärke und Kraft verspüren. Und die hast du doch wohl als Sportler.* Mein Kopf leuchtete nunmehr wieder wie eine auf rot stehende Verkehrsampel, als sie mir ihre Hand mit der Aufforderung hinstreckte: *Versuche es doch nochmal.* Als ich ihre Hand nahm, blieb sie nicht etwa sitzen, sondern stand auf, als wenn wir die Begrüßung an der Haustür wiederholen würden. Nunmehr aber hielt ich ihre Hand mit festem Griff und stand ihr auch näher als vorhin. In ihrem Gesicht meinte ich einen erwartungsvollen, leicht spöttischen Ausdruck erkennen zu können und ihre Augen waren klar auf mich gerichtet. Und dann geschah es einfach. Ich küsste sie zuerst auf die linke, dann länger anhaltend und mehr zum Mund hin auf die rechte Wange. Sie ging keinen Zentimeter zurück, bewegte vielmehr ihre Lippen beim zweiten Kuss in meine Richtung, so dass sich unsere Lippen erst teilweise, dann durch eine leichte Kopfverschiebung voll berührten. Der Moment war gleichermaßen intensiv wie kurz. Wie um eine entschuldigende Erklärung bemüht, meinte ich: *So begrüßen sich die Franzosen.* *Wohl nicht ganz*, lächelte sie kurz, um den Kuss nun ihrerseits wieder aufzunehmen. Er war länger, feuchter und begehrlicher. Ich hielt immer noch mit meiner Rechten ihre Hand. Meine Linke hatte ich um ihre Schultern gelegt und sie insgesamt auf Körperkontakt an mich herangezogen. Ihre Brüste, ihre Oberschenkel unter ihrem dünnen Kleid brannten auf meinem Körper. Dazwischen befanden sich, angenehm eingeklemmt, unsere weiterhin umfassten rechten Hände. Mit dem rechten Handrücken spürte ich ihren heißen Bauch und die Hand etwas herunterdrückend, den Ansatz des Schambeines. Als wenn das nicht schon erregend genug wäre, näherte sich auch ihre Hand meinem stramm stehenden Lustzentrum. Auch sie übte, wie ich es tat, mit der Hand einen leichten pulsierenden Druck auf dieses empfindliche Körperteil aus. Und wie empfindlich es war. Es reagierte sehr schnell, um nicht zu sagen, viel zu schnell. Jedenfalls war der kleine Vulkanausbruch in meiner Hose nicht mehr zu stoppen. Ein heißer Lavastrom ergoss sich in meine Unterwäsche. Es war mir im höchsten Maße peinlich und ich weiß nicht, ob Karin aus diesem Grunde die Umarmung löste oder ob sie damit gerade das, was passiert war, vermeiden wollte. Ihre Wangen hatten sich gerötet und sie atmete durch, als sie meinte, sie würde doch lieber ein anderes Mal wiederkommen, um meine Mutter zu treffen. Der geneigte Leser kann sich vorstellen, wie genüsslich ich diesen Besuch nach ihrem Weggang rekapitulierte und mir schon die Worte ausmalte, um Lothar und Gregor alles zu erzählen. Eines habe ich jedenfalls an diesem Nachmittag gelernt und mein Leben lang beibehalten: einen festen Händedruck.

Für Lothar und mich gab es neben Mädchen ein zweites wichtiges Thema: Autos, vorzugsweise schnelle Sportwagen, mit denen wir unseren imaginären Freundinnen imponieren konnten. Die jährlich erscheinenden Autokataloge von „Auto, Motor und Sport" waren so etwas wie eine Bibel für uns. In diesen Katalogen war jedes gängige Auto mit allen technischen Daten abgebildet. Man konnte sich also nicht nur die schönsten Fahrzeuge ansehen, sondern auch vortrefflich Tabellen mit den schnellsten oder PS-stärksten Fahrzeugen in der jeweiligen Hubraumklasse entwerfen. Die Gedanken glitten dann schon mal mit der Frage in die Zukunft, ob wir uns später als Erwachsene jemals solch einen schnittigen Wagen mit über hundert PS und Geschwindigkeiten von sage und schreibe über 200 Stundenkilometern würden leisten können. Lothars Vater hatte ein Fahrzeug, es war zwar nur ein biederer DKW, aber immerhin. Wenn keiner es merkte, setzten Lothar und ich uns in den DKW und gingen in unserer Fantasie auf große Fahrt. Auch die anderen Freunde und Bekannte meiner Eltern hatten sich zumeist ein Automobil gekauft. Mein Vater dagegen besaß nur ein Moped. Ich war daher gleichermaßen erleichtert und froh, als mein Vater sich am 19.10.1966 mit 47 Jahren endlich einen PKW anschaffte. Es war ein Ford 12 M aus 2. Hand, mit der Weltkugel im Kühlergrill, für 2.000 DM. Seine 38 PS beschleunigten ihn auf 112 Stundenkilometer, denen mein Vater jedoch selten nahekam. Er fuhr lieber langsamer, um Benzin zu sparen und den Wagen zu schonen. Es war schon peinlich, neben ihm im Wagen zu sitzen, wenn er auf der Autobahn von den schweren Lastwagen überholt wurde, die ihn als Verkehrshindernis ansahen. Ich schwor mir, sobald ich 18 Jahre alt war, den Führerschein zu machen und dann völlig anders zu fahren. Mein Vater fuhr zwar nicht ungern mit seinem Wagen, aber stets übertrieben vorsichtig und unsicher. Hohe Geschwindigkeit war nicht seine Sache, mir konnte es dagegen nicht schnell genug gehen. Aber jegliches Anfeuern nutzte nichts, wenn die Spritzigkeit weder beim Fahrer noch beim Gefährt vorhanden war. Die Pflege des Wagens, das regelmäßige Waschen vor der Garageneinfahrt und das sorgfältige Polieren des Lacks machten mehr Spaß, zumal dadurch die unangenehme Gartenarbeit etwas eingeschränkt werden konnte. Familienausflüge mit dem Auto am Wochenende oder in der Urlaubs- und Ferienzeit waren eher selten. Zu sehr achteten meine sparsamen Eltern auf die Ausgaben, denn so eine Kurzreise hätte nicht nur Benzin gekostet, sondern auch Wagenabnutzung und Restaurantbesuche verursacht. Das Auto wurde fast ausschließlich als Gebrauchsgegenstand angesehen, mit dem mein Vater zur Arbeit fuhr und mit dem die Einkäufe erledigt wurden. Meine Mutter hatte keinen Führerschein, sie wurde von meinem Vater jedoch als vollwertige Beifahrerin angesehen. Nur mit Stadtplänen und Landkarten hatte sie so ihre Probleme. Sie verwechselte diese wohl zu sehr mit den Schnittmustern ihrer Nähmaschine, so dass ich einsprang. Schneller ans Ziel gelangten wir dadurch jedoch nicht immer, zu oft war der reale Straßenverlauf anders, als ich ihn aus der Karte interpretierte. Ich schimpfte dann entweder auf das veraltete Kartenmaterial oder behauptete einfach, die Landkarte sei falsch. Mit Ausreden war ich nicht sehr wählerisch, Hauptsache, ich hatte etwas zu entgegnen. Ich diskutierte auch gerne, insbesondere wenn gegensätzliche Positionen aufeinander trafen. Es machte mir Spaß, auch unsinnige Standpunkte zu vertreten, die natürlich nicht immer meine Meinung waren, aber eine Herausforderung an die Überzeugungsarbeit stellten. Ich machte nur den Fehler – der mir gelegentlich heute auch noch als Erwachsener unterläuft – in solch einem Streitgespräch den Diskussionspartner von meiner Sicht der Dinge überzeugen zu wollen, anstatt ihm einfach nur meinen Standpunkt aufzuzeigen.

Mein Vater war jemand, der sorgfältig jeden Tag die Zeitung las und sich regelmäßig im Fernsehen die Nachrichten ansah. Zuerst die *heute-Sendung* im ZDF und anschließend die Tagesschau in der ARD. Sowohl die deutsche Innenpolitik als auch die weltpolitischen Ereignisse interessierten ihn. So etwas färbt natürlich auf den Sohn ab, der zwangsläufig die Nachrichtensendungen mit ansieht und hieran Interesse entwickelt. Vater Heinz konnte dann auch immer angesprochen werden, wenn etwas unklar blieb. Die Weltpolitik wurde ab 1965 für mehrere Jahre vom Vietnam-Konflikt beherrscht. Seit dem 13.7.1965 war dieser Krieg offiziell, da die bisher „beratenden amerikanischen Einheiten" in Vietnam durch Präsident Lyndon B. Johnson einen offensiven Charakter bekamen. Am 28.7.1965 wurde die Erhöhung der US-Truppen in Südvietnam auf 125.000 Mann bekanntgegeben. Dieser Krieg sollte in der Folge die Jugend der gesamten westlichen Welt beeinflussen und eine Protestwelle entfachen, die sich auch auf andere Bereiche ausdehnte. Die Studentenunruhen in den kommenden Jahren in Frankreich und Deutschland, der Einzug antiautoritärer Erziehung im Bildungswesen, das Infragestellen traditioneller Regeln und Verhaltensmuster ist zum großen Teil auf die Protestbewegung zurückzuführen, die durch den Vietnamkrieg entstand. Für pubertierende 15-jährige wie mich war es ein vortrefflicher Nährboden, die eigenen halbgaren Vorstellungen mit dem entsprechenden Nachdruck zu vertreten. Lothar dachte da ähnlich wie ich, wenn auch nicht so radikal. Gregor konnte dagegen für politische und gesellschaftliche Fragen recht wenig begeistert werden. Als Erwachsener denkt man ja manchmal mit einem nachsichtigen Lächeln an die eigenen radikalen Vorstellungen seiner Jugendzeit. Mit den vielen Zwängen des realen Lebens wurden die idealistischen Ideen der Jugend seinerzeit durch die Erwachsenenwelt gekontert. Alles romantisch-verklärt, zu teuer oder zu unausgegoren hieß es dann. Jahre später, als der Berufsalltag und die Karriereplanung die ehemaligen Jungrevolutionäre fest im Griff hatten, dachten sie plötzlich nicht viel anders als die vorherige Generation. Man fand tausend Gründe, die einstigen, glühend vertretenden Vorstellungen nicht umzusetzen. Viele der aktiven Vertreter dieser sogenannten 68er-Bewegung sollten so-gar später besonders konservative Ansichten vertreten. Dabei sind einige Forderungen aus der Protestbewegung der sechziger Jahre, wie zum Beispiel gleiche Bildungschancen für alle Kinder und eine gerechte Welt, die unteilbar ist und nicht vor nationalen Grenzen halt macht, nach wie vor ungelöst und akut.

Die kleine Radtour im vergangenen Sommer mit Lothar konnte ich als Probe für eine größere Fahrt ansehen, die ich in den Sommerferien 1966 mit Gregor geplant hatte. Unsere Fahrräder waren mit großen, prall gefüllten Fahrradtaschen beladen, denn es sollte zwei Wochen in die Schweiz gehen. Die Berge machten uns keine Angst, denn wir hatten eine 3-Gang-Torpedoschaltung und mein Fahrrad war gut gewartet. Ganz im Gegensatz zum Fahrrad von Gregor. Wir waren kaum eine Stunde gefahren und hatten gerade Dormagen hinter uns gelassen, als Gregor den ersten Platten hatte. Der Reifen war zwar schnell geflickt, es sollte aber nicht die letzte Reparatur sein. Dauernd gab es kleine und größere Probleme mit Gregors Rad. Ich hatte erhebliche Zweifel, ob es die Strecke durchhalten würde und ob es bei den rasanten Bergabfahrten sicher genug war. Mit Glück überlebten wir aber ohne Knochenbrüche und Kopfverletzungen, obwohl wir keine Fahrradhelme trugen. Aus heutiger Sicht war das ziemlich leichtsinnig, aber Gregor war ein optimistischer Draufgänger, der hart im Nehmen war. Er hatte die Fähigkeit schnell zu erkennen, ob und was man mit eigener Kraft regeln konnte und was man anderen oder dem Schicksal überlassen sollte. Seine Redensart für diese Fälle war: *Die meisten Probleme lösen sich von alleine. Man darf sie nur nicht dabei stören.* Wenn wir im Freien übernachteten und es an Essen oder Trinken fehlte oder etwas zu organisieren war, dann fand Gregor immer eine Lösung. Er war ein angenehmer Begleiter, der einen immer mitzog, wenn es mal Schwierigkeiten gab. Als wir am Bodensee einen sonnigen Tag im Paddelboot auf dem Wasser verbrachten und ich mir einen Sonnenstich zuzog, verbrachte er die halbe Nacht an meinem Bett in der Jugendherberge mit Essigwickeln, die er mir auf die Stirn und um die Füße legte. Oftmals übernachteten wir aber im Freien, abseits von Ortschaften. Wir bliesen dann unsere Luftmatratzen auf, aßen unser Baguette mit Camembert, tranken billigen Rotwein, schmiedeten Zukunftspläne und schliefen unter einem überwältigenden Sternenhimmel. Ganz selten suchten wir ein Restaurant auf, um den Speiseplan zu bereichern. Insbesondere in der Schweiz war uns das zu teuer. Wir bestellten dann das preiswerteste Gericht und aßen mit großem Appetit Spaghetti Bolognese oder Pizza Margherita. Hungrig waren wir stets. Die Appenzeller Alpen brachten uns und unsere schwer beladenen Rädern mit ihren 3-Gang-Torpedoschaltungen an unsere Leistungsgrenze. Kurz entschlossen kratzten wir unser letztes Geld zusammen und kauften in Schaffhausen Bahnkarten nach Neuss für unsere Räder und uns. So konnten wir zu Hause rechtzeitig am 30.7.1966 vor dem Fernsehen miterleben, wie England durch das legendäre und umstrittene Tor zum 3:2 Fußballweltmeister gegen die deutsche Nationalmannschaft wurde.

Zwei ganz unterschiedliche Ereignisse in 1966 außerhalb meines persönlichen Umfeldes fanden mein Interesse. Eher nebensächlich als kleine Zeitungsnotiz wurde am 9.4.1966 von Kardinal Alfredo Ottaviani in Rom gemeldet, dass der Vatikan den Index aufhob. Dieser Index beinhaltete eine Liste von Büchern, die Katholiken nicht lesen durften. Er bestand seit dem Jahre 1557 und schwoll in den folgenden Jahrhunderten auf 492 Seiten an. Siebzig Sekretäre, Assessoren, Kommissare, Advokaten und Notare im zuständigen Heiligen Büro, dem Sanctum Officium des Vatikans, suchten und fanden Texte, die der Vatikan den gläubigen Schäfchen nicht zumuten wollte. Aber nicht alles, was kirchenkritisch war, wurde berücksichtigt. So blieb Karl Marx zum Beispiel unbeachtet. Stattdessen trafen Verbot und damit einhergehende Exkommunikation manch gutwilligen Reformer aus den eigenen Reihen. Ich konnte nicht verstehen, dass die Kirche den Gläubigen verbot, bestimmte Bücher zu lesen. Der gläubige Katholik beging, sofern er sich über dieses Verbot hinwegsetzte, gleich zwei Stünden. Zum einen die Missachtung dieser Vorschrift, zum anderen das Lesen des Buches selbst.

Das zweite Ereignis, dass mich beschäftigte, sorgte für größere Schlagzeilen. Es war die Bildung der ersten großen Koalition in Bonn am 1.12.1966 zwischen CDU/CSU und SPD. Erstmalig übernahmen sozialdemokratische Politiker Regierungsverantwortung. Der von ihnen mitgewählte christdemokratische Bundeskanzler Kurt Georg Kiesinger sollte mit nur knapp 3 Jahren die kürzeste Amtszeit aller Regierungschefs der Bundesrepublik Deutschland haben.

Kapitel 5: Lehrjahre

Der 1.4.1967 bedeutete für mich ein neuer Lebensabschnitt. Nach dem Besuch der Handelsschule begann ich bei der Dresdner Bank in Neuss eine Banklehre und verdiente das erste Mal Geld. Nach dem Lehrvertrag erhielt ich an Ausbildungsvergütung im 1. Lehrjahr 190 DM, im 2. Lehrjahr 231 DM und im 3. Lehrjahr 273 DM. Davon bestritt ich meine persönlichen Ausgaben, behielt ein Taschengeld für mich und gab den Rest zu Hause ab. Eigentlich war es ein Widerspruch, als politisch interessierter junger Mensch, der sich der entwickelnden APO, der Außerparlamentarischen Opposition, verbunden fühlte, in ein konservatives Finanzunternehmen einzutreten. Ich hatte da wenige geistige Mitstreiter und fand es bedrückend, dass diese jungen Kollegen in den Zeiten des politischen Umbruchs völlig unpolitisch waren und weder Träume noch Visionen hatten. Tagsüber trug ich Anzug und Krawatte, die auch im heißesten Sommer nicht abgelegt werden durfte. Lediglich der Leiter der kleinen Effektenabteilung, Herr Bruns, der kurz vor der Pensionierung stand, badete dann seine Füße während der Arbeitszeit unter seinem Schreibtisch in einer Schüssel mit kaltem Wasser. Abends legte ich meine Arbeitskleidung ab und besuchte in betont legerer Kleidung Veranstaltungen der APO. Durch Matthias Mattheisen, einem Immobilienmakler mit linken Ideen, fand ich Zugang zu der *SJD die Falken*. Sie war eine politische Jugendorganisation, die der SPD nahestand, sich aber links von ihr positionierte. Matthias Mattheisen war ihr örtlicher Vorsitzender. Für ihn war das gesamte Leben Politik. *Selbst wenn man auf dem Klo sitzt, macht man aktive Politik, kommunale Abfallpolitik*, war seine Meinung. Da ich als „Banker" wohl mit Geld umgehen können sollte, wurde ich schnell der Schatzmeister des Ortsbezirks Neuss. Das wenige Geld, das zur Verfügung stand, wurde deswegen auch nicht mehr und war immer schnell für die Anmietung eines Versammlungsraums auf der Further Straße in Neuss und für Plakate, Drucksachen, Handzettel usw. ausgegeben. Wir hatten ein paar Mäzene, die uns mit etwas Geld und Sachleistungen unterstützten. So arbeitete Walter Dehn in einer Druckerei, war aktives Gewerkschaftsmitglied und druckte uns zumeist die Plakate für unsere Veranstaltungen kostenlos. Unsere geistigen Väter waren Josef Hindels mit seinem Buch *Der Sozialismus kommt nicht von selbst* und Karl Kautsky, der Ende des 19. und Anfang des 20. Jahrhunderts einer der wichtigsten und einflussreichsten Theoretiker der SPD war. Es war eine herrliche Zeit, in der wir, getragen von den um sich greifenden Studentenprotesten, mit viel Idealismus bis spät in die Nacht hinein diskutierten, eine neue Weltordnung schmiedeten und an Demos gegen den Vietnamkrieg teilnahmen. Der Krieg der Amerikaner in Vietnam nahm zwischenzeitlich immer größere Dimensionen an. Präsident Johnson kündigte am 3.8.1967 eine Erhöhung der Truppenstärke auf 525.000 Mann an.

Leider waren bei unseren politischen Zusammenkünften keine Mädchen dabei, die ihren Teil zur sexuellen Revolution hätten beitragen können. Die hielten sich lieber beim SDS auf, dem Sozialistischen Deutschen Studentenbund, und gründeten publizitätsträchtig eine antiautoritäre Kommune nach der anderen. Manch einer der männlichen Aktivisten lebte nach dem Grundsatz: *Wer zweimal mit derselben pennt, gehört schon zum Establishment.* Ich konnte nur davon träumen. Meine Eltern sahen mein politisches Engagement mit einer gewissen Sorge. Sie teilten zwar viele meiner Ideen, aber mit mehr Augenmaß und nicht so radikal. Sie hatten vielmehr die Befürchtung, dass ich während meiner Arbeitszeit meine Gesinnung nicht verheimlichen und Nachteile erleiden würde. Nun, förderlich war meine politische Überzeugung bei meinem Lehrherrn nicht. Ich verließ dann später auch die Dresdner Bank, allerdings aus anderen, völlig unpolitischen Gründen, nachdem ich zuvor meine Lehre mit einem Prädikat abgeschlossen hatte.

1967 war ein ereignisreiches Jahr und sollte, wie wir noch sehen werden, nur noch durch das Folgejahr übertroffen werden. Am 19.4.1967 starb Konrad Adenauer, der erste Kanzler der Bundesrepublik Deutschland. Er war für mich politisch zwar ein Gegenpol, aber sein rheinischer Humor und seine Bauernschläue nötigten mir viel Respekt ab. Wenige Wochen später starb der Student Benno Ohnesorg beim Staatsbesuch des persischen Schahs, wodurch die Studentenproteste noch weiter eskalierten. Nur wenige Tage später, am 5.6.1967, begann im Nahen Osten der israelische Sechstagekrieg, der mit einem überwältigenden Erfolg der Israelis endete. Der 25.8.1967 war für die deutsche Unterhaltungswelt ein wichtiges Datum. Als erstes europäisches Land begann die Bundesrepublik Deutschland mit der Ausstrahlung eines regelmäßigen Farbfernsehprogramms. Nach monatelangen Vorbereitungen konnten die Besitzer der ersten Farbfernseher, die für 1.765 DM zu kaufen waren, die Eröffnungsveranstaltung der Berliner Funkausstellung 1967 in bunten Bildern verfolgen.

Ich selbst habe diese erste Farbversion des deutschen Fernsehens nicht miterlebt. Zum einen kannte ich niemanden, der sich einen Farbfernseher leisten konnte oder wollte, zum anderen war ich mit Gregor wieder einmal auf Reisen. Diesmal nicht mit dem Fahrrad, sondern viel komfortabler zusammen mit einer deutsch-französischen Jugendgruppe per Bus. Meine Schwester Agi nahm am deutsch-französischen Austauschprogramm teil und war bereits in diesem Jahr in Frankreich gewesen. Nun befanden sich die französischen Schüler, die für drei Wochen in Deutschland bei Gastfamilien zum Gegenbesuch waren, auf den Heimweg. Und Gregor und ich durften bis Paris mitfahren. Nach einigen Tagen Aufenthalt in dieser faszinierenden Stadt, die wir zum ersten Mal besuchten, ging es per Anhalter zurück. Auch dies war eine Premiere und klappte ganz gut.

Lothar war für solche Ferienreisen, wie Gregor und ich sie unternahmen, nicht zu gewinnen. Gerne hätten wir die Fahrten in die Schweiz und nach Paris mit ihm gemeinsam gemacht. Zudem war Lothar zeitlich nicht mehr völlig unabhängig. Er hatte nämlich seit einiger Zeit eine Freundin, Angelika. Nicht etwa meine Schwester, die ja auch Angelika heißt, sondern eine ehemalige Klassenkameradin. Die fand es gar nicht so lustig, wenn Lothar sich einfach mit uns abseilte. Gregor und ich waren natürlich neidisch auf seine Eroberung und stichelten daher um so lieber auf ihm herum, wenn er bei unseren gemeinsamen Aktivitäten nicht mitmachen konnte. Oder nicht wollte, denn Lothar war gar nicht so darauf aus, solche Fahrten zu unternehmen. Gregor wiederum war nicht für meine politischen Aktivitäten zu gewinnen. Er vertrat aber auch keine anderen Ansichten, war in diesen Belangen eher indifferent und unpolitisch. Wir Drei pflegten zwar eine sehr enge und intensive Freundschaft und hatten in wichtigen Grundsatzfragen eine weitgehende Übereinstimmung, gleichwohl besaß ein jeder von uns eigene Schwerpunkte mit zum Teil gegensätzlichen Meinungen. Das ergab insgesamt ein gesundes Spannungsverhältnis zwischen gleichgerichteten und unterschiedlichen Standpunkten. So sollte es nach meiner Vorstellung auch in einer Partnerschaft mit einem Mädchen sein. Nur, eine solche Freundin für mich war weit und breit nicht auszumachen. Ich fühlte mich Mädchen gegenüber einfach zu gehemmt. Vielleicht lag es auch an meiner Körpergröße. Mit meinen 1,92 m überragte ich alle meine Freunde deutlich und potentielle Freundinnen noch mehr. Die meisten meiner Freunde oder Bekannten hatten mit Mädchen schon irgendwelche erotischen oder sexuellen Erfahrungen gemacht. Ich nicht, bis auf die Episode mit dem Kindermädchen Karin. Meine sexuellen Ersatzhandlungen verursachten mir zwar keine nennenswerten religiösen Gewissensbisse, was sie nach dem jahrelangen Religionsunterricht natürlich hätten tun sollen, wenn mir an meinem Seelenheil gelegen hätte. Ich hielt diese Aktivitäten aber trotzdem für ziemlich anormal. Erst später wurde mir klar, dass rund 98% der Jugendlichen onanieren und ich mir ernsthaft hätte Sorgen machen müssen, wenn dieser Drang bei mir nicht ausgeprägt gewesen wäre.

1968 war für die APO, die Außerparlamentarische Opposition, ein Jahr von besonderer Bedeutung. Die Demonstrationen gegen den Vietnamkrieg wurden mit hoher Intensität fortgeführt. Sie führten mit dazu, dass die Amerikaner im Folgejahr ihren Rückzug einleiteten, der allerdings 4 Jahre andauerte, bis Anfang 1973 endlich ein Waffenstillstandsabkommen unterzeichnet wurde. Als am 11.4.1968 auf Rudi Dutschke, den Führer des Sozialistischen Deutschen Studentenbundes, ein Attentat verübt wurde, gab es zum Teil blutige Zusammenstöße von Demonstranten mit der Polizei. Vor allem die Studenten sahen in dem Anschlag auf den führenden Kopf der APO eine Folge der Haltung der Springerpresse und ihrer Berichterstattung über die unruhige Jugend der letzten Monate. Bei Auseinandersetzungen in München gab es zwei Tote. Der Deutsche Bundestag hielt am 30.4.1968 eine Sondersitzung über die Studentenunruhen ab. Noch deutlich heftiger als in Deutschland organisierte sich der studentische Protest in Frankreich. Unmittelbarer Anlass hierzu war die Schließung einer Fakultät der Pariser Universität durch den Rektor. Gegen die dagegen demonstrierenden Studenten marschierte am 3.5.1968 Polizei auf und drängte die Studenten aus der Hochschule. Das war das Signal für eine Straßenschlacht im Studentenviertel Quartier Latin. In den Tagen danach kam es in Paris und anderen Universitätsstädten zu schweren Auseinandersetzungen zwischen Demonstranten und der Polizei, die zum Teil bürgerkriegsähnliche Ausmaße erreichten. Wegen des brutalen Vorgehens der Polizei riefen die Gewerkschaften für den 13.5.1968 einen 24-stündigen Solidarstreik für die Studenten aus, der in eine allgemeine Streikbewegung ausferte. Es kam zur Besetzung der Renault-Werke und anderer Fabriken durch die Arbeiter. Frankreich versank im Chaos. Die Gewerkschaften stellten Forderungen nach Lohnerhöhungen, kürzerer

Arbeitszeit und Beteiligung der Arbeitnehmer an den Sozial-
einrichtungen. Am 20. Mai 1968 streikten bereits fünf Millionen Franzosen. Präsident de Gaulle erklärte sich zu Verhandlungen und zur Durchführung weitgehender sozialer Reformen
bereit. Am 30. Mai 1968 löste er das Parlament auf und
schrieb Neuwahlen aus. Zum Entsetzen der Linken gingen die
regierenden Gaullisten aus dieser Wahl gestärkt als Sieger hervor. Der Aufstand mutete damals dramatischer an, als er sich
heute mit dem Wissen des Ausgangs der Neuwahlen darstellt.
Ein Bürgerkrieg wurde nicht als unmöglich angesehen und
Staatspräsident de Gaulle flog in geheimer Mission nach Ba-
den-Baden, zum Oberkommandierenden der französischen
Streitkräfte in Deutschland, General Jacques Massu, um sich
dessen Unterstützung zu sichern. Die APO in Deutschland war
gleichermaßen überrascht von der Dynamik des Protests in
Frankreich und schockiert vom Ergebnis der Neuwahlen. Auf
Deutschland waren die französischen Verhältnisse aber nicht
übertragbar. Sie zeigten jedoch, wie sehr sich die Jugend in
den westlichen Ländern von vielen Wertvorstellungen der El-
terngeneration löste und neue Orientierung suchte.

Meine Loslösung vom Elternhaus war noch nicht weit fort-
geschritten. Ich wohnte zu Hause, ließ mich von Mama versorgen und fuhr sogar mit den Eltern in den Urlaub. Jedenfalls
teilweise. Im Juli 1968 besuchten meine Eltern mit ihrem PKW
eine langjährige Freundin meiner Mutter in Wien. Da Gregor
und ich eine Ferientour nach Südtirol unternehmen wollten,
ließen wir uns einen Großteil unseres Weges bequem im elter-
lichen Wagen chauffieren. Bequemlichkeit geht halt manchmal vor revolutionärem Eifer. In Kochel am See stiegen wir am
frühen Abend aus, um den Rest des Urlaubs per Anhalter wei-
terzufahren. In Frankreich hatten Gregor und ich diese Art des
Fortkommens ja schon positiv getestet. Aber da hatten wir
ebene französische Landstraßen. Hier in den Alpen waren die
Anforderungen an das Fahrzeug größer, zumal wir ja zu zweit
und mit Gepäck unterwegs waren. So war ich nicht schlecht

erstaunt, als uns im österreichischen Landeck ein älterer Fahrer eines nur kleinen und mäßig PS-starken NSU mit nach Meran in Italien nahm. Der Weg führte über den Reschenpass und nötigte dem Wagen alles ab. Bei jeder größeren Steigung hielt ich die Luft an und versuchte mich leicht zu machen. Glücklich am Ziel angekommen, luden wir unseren Fahrer zu einem Kaffee ein. Es stellte sich heraus, dass er ein pensionierter Lateinlehrer war. Ich war den Leuten, die uns per Anhalter mitnahmen, stets von Herzen dankbar. Sie kamen aus ganz unterschiedlichen Milieus. Wir hatten die Studentin in ihrem Citroen 2CV und den Generaldirektor in seinem Mercedes kennengelernt. Sie alle nahmen eine gewisse Komforteinbuße und ein gewisses Sicherheitsrisiko in Kauf. Ich selbst habe in den vielen Jahren danach, in denen ich mit einem PKW unterwegs war, trotz dieser guten Erfahrungen nie Anhalter mitgenommen. Allerdings haben sich die Zeiten dafür auch geändert. Mit unserem Taschengeld mussten wir gut haushalten. Deswegen übernachteten wir vornehmlich in Jugendherbergen und Privatpensionen. Um den Speiseplan abwechslungsreicher zu gestalten, besuchten wir hin und wieder ein preiswertes Restaurant. Als die Rückreise näherrückte, hatten wir großes Glück. Wir trafen einen Italiener, der nach Dortmund fuhr und überredeten ihn, uns mitzunehmen. Es war ein seltsamer Autofahrer, er hatte wohl nicht viel Fahrpraxis und noch nicht mal vernünftiges Kartenmaterial. Nach kurzer Wegstrecke in Deutschland fragte er uns bei jeder Autobahnausfahrt, ob er abfahren müsse, um nach Dortmund zu kommen. Er hatte offenbar keine Vorstellung, wie weit der Weg bis zum Ziel noch war. In Siegen verabschiedeten wir uns von ihm und schenkten ihm einen auf der Autobahnraststätte gekauften Stadtplan von Dortmund. Die restliche Wegstrecke bis nach Neuss zurück fuhren wir dann mit dem Zug.

Wie an jedem normalen Wochentag machte ich mich am 21.8.1968 so kurz nach 7.00 Uhr im Bad für meine tägliche Arbeit in der Dresdner Bank fertig. Aufgeregt rief meine Mutter aus dem Esszimmer: *Gernot, komm schnell. Hör dir mal an, was deine Genossen da machen.* Ich hatte nicht den Schimmer einer Ahnung, was sie meinen konnte und lief schnell zum Radio. Das Erste, was ich vernahm, war, dass der Nachrichtensprecher anders sprach als sonst. Es war nicht der distanzierte gleichmäßig klingende übliche sonore Tonfall. Vielmehr berichtete der Sprecher mit hoher emotionaler Intonation, sowjetische Truppen seien in der vergangenen Nacht in die Tschechoslowakei einmarschiert. Sie hätten alle strategisch relevanten Punkte im Land besetzt und die wichtigsten Regierungsmitglieder um Parteichef Alexander Dubcek festgenommen. Der sogenannte Prager Frühling war damit wohl beendet. Ich war wie vor dem Kopf geschlagen und wollte gar nichts mehr hören. Bevor ich ins Bad zurückkehrte, rief ich meiner Mutter, die allem sozialistischem Gedankengut skeptisch gegenüberstand und gar nicht so genau differenzieren wollte, zu: *Wieso meine Genossen? Meine Genossen sind die Leidtragenden!* Der Einmarsch der Truppen aus dem Warschauer Pakt war ein Schlag gegen alle Reformer in Osteuropa. Der sogenannte Sozialismus mit menschlichem Antlitz, an den viele auch im Westen geglaubt hatten, war gescheitert.

Mit meiner Körpergröße von 1,92 wirkte ich stets älter als ich wirklich war und wurde lange vor meinem 18. Geburtstag für volljährig gehalten. Als dann wirklich mein 18. Geburtstag am 3.10.1968, einem Donnerstag, kam, war das eher eine offizielle Bestätigung eines bereits schon länger gefühlten Alters. Gleichwohl hatte ich vor, den Geburtstag gebührend mit meinen Freunden zu feiern, und zwar zwei Tage später am darauffolgenden Samstag im Haus meiner Eltern. Meine Eltern waren bei Freunden eingeladen und daher zum Glück nicht anwesend. Meine Mutter hatte eine große Portion Kartoffelsalat vorbereitet und ich Bockwürste mit Löwensenf und Altbier eingekauft. Neben Lothar und Gregor waren Jimmy und James zugegen. Leider keine Mädchen, da Lothar der Einzige war, der eine Freundin hatte. Diese Jungmännerrunde war ein eingespieltes Feierteam. Sie traf sich fast jeden Freitag in der Kneipe St. Hubertus in Reuschenberg, um jeweils das Überleben der vergangenen Woche zu feiern.

Thema Nr. 1 waren an diesem Samstagabend natürlich Mädchen. Sie hatten sogar etwas mit ihrem Geburtstagsgeschenk für mich zu tun, welches die Vier noch nicht gelüftet hatten. Es war wirklich etwas Ausgefallenes. Sie wollten mir einen Besuch im Puff spendieren. Und das noch am gleichen Abend. Wir klemmten uns also kurz vor Mitternacht in den kleinen Fiat 850 von Lothar und fuhren zum Puff nach Düsseldorf. Die Adresse *Hinter dem Bahndamm* hatte ich schon gehört, obwohl ich dort, wie die anderen auch, noch nie gewesen war. Die wenigen Kilometer von Reuschenberg nach Düsseldorf waren bei den nächtlich leeren Straßen schnell zurückgelegt. Der Düsseldorfer Puff liegt in der Nähe des Bahnhofs. Der große rechteckige Kontakthof bettet sich ein zwischen einem Bahndamm und einem sechsstöckigen Gebäude, in dem die Prostituierten ihre Zimmer haben. Die Fahrgäste in den auf dem Bahndamm vorbeirauschenden Zügen hatten dann für wenige Sekunden einen vortrefflichen Blick auf das nächtliche Treiben. Der Eingang des Kontakthofes war mit Sichtsperren in Form einer versetzten Mauer geschützt. Umging man diese Mauer, eröffnete sich einem eine neue Welt. Weit über hundert Männer standen im Halbdunkel zumeist am Rande des Hofes mit dem Rücken zum Bahndamm und beobachteten das Geschehen. Etwa zwei Dutzend Frauen, allesamt leicht, nicht unbedingt der herbstlichen Jahreszeit entsprechend bekleidet, bewegten sich langsam mit aufreizenden Bewegungen über den Hof oder standen in Zweier- oder Dreiergruppen beisammen und rauchten Zigaretten. Es herrschte eine andächtige Stille, nur ab und zu vom kurzen lauten Lachen oder Rufen der Frauen unterbrochen. Einige waren schwarz- oder braunhäutig, die meisten hatten ganz offensichtlich ausländische Gesichtszüge. Vor den dezent beleuchteten Erdgeschossfenstern des angrenzenden Gebäudes hatten sich kleine Menschen-

oder genauer Männertrauben gebildet. Hinter diesen Fenstern saß jeweils eine Frau in verführerischer Weise auf einem Stuhl und hatte - um den Männern die Entscheidung etwas leichter zu machen - oftmals schon eins der ohnehin wenigen Kleiderstücke abgelegt. Andere nutzten die Fensterbänke als Stütze für die Arme oder als Ablage für ihre erotisch-füllige Oberweite. Dann und wann verschwand eine der Frauen mit einem Freier im Schlepptau durch die verschiedenen Türen des Gebäudes, andere gesellten sich nach getaner Arbeit wieder hinzu. Gregor und Lothar machten sich gegenseitig auf besonders auffällige Erscheinungen aufmerksam. Jimmy und James wirkten etwas erschlagen von dem, was sie zum ersten Mal sahen. Gregor konnte sich vor Begeisterung nicht halten, als er eine schwarzhäutige Schönheit sah. *Die würde ich auf der Stelle heiraten*, raunte er uns zu. Meine Geburtstagsgäste hatten sich schließlich auf eine Frau geeinigt, die für mich geeignet schien. Ein dunkelhaariges Wesen mit ausländischem Aussehen, Anfang 30 Jahre alt. Der Tarif lag bei 30 DM. Sie bedeutete mir, ihr zu folgen. Unschuldig wie eine Fußmatte vor dem ersten Betreten folgte ich ihr. Auf High Heels ging sie vor mir durch die Tür die Treppe hinauf und schwang ihre Hüften aufreizend hin und her. Es war mir höchst unklar, was mich erwarten würde. Was könnte sich auf dem Zimmer alles abspielen? Würde sie sich ausziehen und ich dürfte sie berühren, wo ich mochte? Waren Küsse und andere Zärtlichkeiten erlaubt? Ich wusste dies alles nicht und beschloss, mich zurückzuhalten und ihr einfach die Initiative zu überlassen. Mit dem Eintritt in ihr Zimmer empfing mich eine prickelnde Atmosphäre. Dezente Beleuchtung, schmusige Musik und ein leicht aufdringlicher Parfumduft erhöhten meinen Pulsschlag. Im Nu hatte sie die wenigen Kleidungsstücke bis auf die hohen Schuhe ausgezogen und bedeutete mir, das Gleiche zu tun. Mit geübtem Griff streifte sie mir einen Pariser über und zog mich aufs Bett, so dass ich über ihr lag. Mit angewinkelten Beinen und ausgestreckten Händen führte sie meinen Penis ins Ziel. Ehe ich mich versah, war die Sache nach wenigen Bewegungen gelaufen, das gefüllte Gummi gegen ein Tempotaschentuch ausgetauscht und sie im Begriff, sich wieder anzuziehen. Die ganze Aktion hatte nur wenige Minuten gedauert und die Gesichter meiner Kumpels waren nicht minder erstaunt, als sie mich nach so kurzer Zeit wieder auf dem Kontakthof sahen. Nun war ich wirklich volljährig, ich hatte zwar immer noch keine Freundin, aber dafür Sex mit einer erwachsenen Frau gehabt.

Mit dem gleichen Freundeskreis, der mein erstes Beischlaferlebnis organisiert hatte, traf ich mich – wie bereits erwähnt – jeden Freitagabend in der Kneipe St. Hubertus in Reuschenberg. Dieses Ritual wurde über einige Jahre beibehalten. Es musste schon eine schwere Krankheit oder etwas ganz Besonderes vorliegen, wenn einer von uns fernblieb. Manchmal feierten wir ziemlich wild, auch ohne einen bestimmten Anlass. Gregor trug zu dieser Zeit für wenige Monate ein provisorisches Gebiss, was recht locker saß und bequem mit seiner Zunge nach vorn aus dem Mund geschoben werden konnte. Es hatte schon etwas Bizarres an sich, wenn er eine nicht ganz ernst gemeinte Frage stellte und zum besonderen Nachdruck anschließend sein Gebiss zwischen seine Lippen drückte. An einem der Freitage war offenbar eines der von Gregor zahlreich getrunkenen Altbiere schlecht. Wir mussten ihn alle Mann nach Hause bringen, nicht ohne mehrere Zwischenstopps einzulegen, bei denen er versuchte, das Bier auf dem gleichen Weg, auf dem er es zu sich genommen hatte, wieder loszuwerden. Am Mittag des folgenden Samstags war er dann in höchst verkaterter Stimmung genötigt, denselben Weg nochmals abzugehen, um die besagten Haltepunkte aufzusuchen und näher zu inspizieren. Gregor wachte nämlich ohne sein künstliches Gebiss auf und folgerte, dass es auf dem Heimweg verloren gegangen sein musste. Er fand das Gebiss natürlich nicht und seine vorübergehend zahnlose Frontpartie sah nicht weniger lustig aus als seine ausklappbaren Zähne.

An einem anderen Samstag war ich es, der mit einigen Erinnerungslücken zu kämpfen hatte. Es war gerade die Zeit, als Tante Gertrud, eine Schwester meines Vaters, die nicht gut sehen konnte, aus Großenhain aus der DDR zu Besuch war. Ich war nach unserem Treffen am Freitagabend in den frühen Morgenstunden des anschließenden Samstags nach Hause zurückgekommen und konnte, als ich im Bett lag, nicht einschlafen. Mein Kopf und mein Magen spielten Karussell. Auch das alte Heilmittel, einen Fuß auf den Boden neben dem Bett zu stellen, wirkte nicht. Als der Magen in finaler Weise rebellierte, war der Weg zur Toilette zu weit, das Fenster dagegen gerade recht. In meinem Zustand bemerkte ich nicht, dass die Blendladen geschlossen waren, so dass das Ergebnis meiner Bemühungen auf der Fensterbank zwischengelagert wurde. Erst mit der Zeit fanden die Reste der diversen Bierchen und der obligatorisch gegessenen Bockwurst ihren Weg durch den mittigen Spalt im Fensterladen und hinterließen eine erstaunlich gradlinige senkrechte Spur, die genau auf eine Sitzbank führte. Just die Bank auf der Terrasse, auf die sich Tante Gertrud allmorgendlich vor dem Frühstück zu setzen pflegte, um die aufgehende Sonne zu genießen. Sie fragte meine Mutter dann, *ob es bei uns auf der Terrasse immer so seltsam riechen würde.* Ihr Appetit hatte an diesem Morgen etwas gelitten. Meiner übrigens auch, nach dem Donnerwetter meiner Mutter und dem Kater vom Vorabend.

Wegen meines politischen Engagements in der Außerparlamentarischen Opposition hatte ich die eine oder andere Schwierigkeit bei meinem Lehrherrn, der Dresdner Bank. Insbesondere der Innenleiter, Herr Billen, war sehr konservativ. Im Laufe meiner Lehrzeit bin ich allerdings auch etwas klüger geworden und habe mich mit kritischen Äußerungen während der Arbeitszeit zurückgehalten. Letztlich waren die Nachteile aber auch nicht so nennenswert und unabhängig von politischen Überzeugungen war es ganz einfach chic und avantgardistisch, als junger Mensch bei den Revoluzzern mitzumachen.

Etwas anders sah es aus, Mitglied der SPD zu werden. Die machten zwar nicht so viel Tamtam wie die APO, dafür aber konkrete Politik und zwar oftmals gegen die Banken. Als ich daher am 15.11.1968 Mitglied der Sozialdemokratischen Partei Deutschlands, Bezirk Niederrhein, wurde, war das gegenüber der Dresdner Bank eine geheime Kommandosache. Das Parteibuch leuchtete in einem satten Blau, die monatlichen Mitgliedsmarken – Tarif für mich war eine D-Mark – in einem knalligen Grün, die handschriftlich eingetragenen persönlichen Daten waren mit tiefschwarzer Tinte festgehalten. Ein revolutionäres Rot, wie ich es von der APO kannte, war nicht zu finden. Wenigstens die Anrede *Genosse* war noch zu hören. Die SPD sympathisierte zwar in vielen Punkten mit der APO, lebte aber auch stets in der Angst, dass diese undisziplinierten Chaoten nicht zu bändigen waren. Und wie das auch in anderen Lebensbereichen so ist, mit der Verwandtschaft streitet man sich viel intensiver, weil man die besser kennt, als mit Fremden. Ähnlich war das Verhältnis zwischen APO und SPD. Die Konservativen waren von unseren Ideen so weit entfernt, dass sich eine ernsthafte Diskussion mit ihnen gar nicht lohnte. Mit der SPD gab es dagegen Überschneidungen, die zu ausführlichen Debatten einluden, was uns allerdings nicht hinderte, sie als Verräter zu beschimpfen.

Ich weiß gar nicht mehr, wie man mich überreden konnte, einen Tanzkurs zu besuchen. Eine Freundin, die am ehesten auf solch eine abstruse Idee gekommen wäre, hatte ich ja nicht. Vielleicht hat man mir eingeredet, ein solcher Kurs gehörte zum Erwachsensein dazu oder so ähnlich. Ein APO-Aktivist, der sich in Gesellschaftstänzen übt. Meine Genossen hätten sich schlapp gelacht, hätten sie das spitz gekriegt. Die treibende Kraft war jedenfalls meine Mutter gewesen. Sie hatte auch gleich eine Tanzpartnerin zur Hand. Meine Mutter kannte nämlich Herrn Westphal, einen Spediteur ohne Fuhrpark, der ausschließlich das sogenannte Streckengeschäft betrieb. Bei ihm machte sie den Haushalt. Ganz zufällig hatte Herr

Westphal eine Tochter namens Gabriele im tanzfähigen Alter. Und die hatte auch ganz zufällig keinen Freund, mit dem sie einen Tanzkurs hätte besuchen können. Ja, was lag da näher als eins und eins zusammenzuzählen. Nun wäre das ja ein Geschenk des Himmels gewesen, wenn Gabriele die Mindestausstattung einer Gebrauchsschönheit, wie Freund Lothar die Mädchen nannte, die zwar keine Knaller, aber ansonsten ganz appetitlich waren, besessen hätte. Leider war sie weit davon entfernt. Sie war klein – gefühlte drei Köpfe kleiner als ich – und rundlich, konnte wie ich nicht tanzen und hatte auch sonst nichts, was sie interessant hätte machen können. Zum Glück wurden die Tanzpartner während der Kurse bei der Tanzschule Hopp-Schneidt in Neuss oftmals gewechselt, aber um dann richtig zu baggern, war ich zu schüchtern. Am 8.12.1968 war dann endlich Abschlussball – ohne jeglichen Tanzpartnerwechsel – aber dafür war die Sache anschließend überstanden. Vielleicht gehen meine Vorbehalte gegenüber solchen Kursen noch heute auf dieses Erlebnis zurück.

Ungefähr zeitgleich mit meinem Eintritt in die SPD trat ich aus der katholischen Kirche aus. Es war erst einmal nur eine Protesthaltung. Ich war nicht davon überzeugt, dass es keinen Herrgott gab, fühlte mich also nicht als Atheist, war da eher unschlüssig. Ich war nur als Jugendlicher der festen Meinung, dass die Taufe und die Zwangsmitgliedschaft in einer Religionsgemeinschaft eine Art der Vergewaltigung war. Im Mittelalter, wenn der Landesfürst von katholisch zu evangelisch wechselte oder umgekehrt, meist hatten die Wechselgründe einen trivialen machtpolitischen Hintergrund, dann musste die gesamte Belegschaft des Fürstentums den Wechsel mitmachen. Fand ich natürlich ebenfalls nicht in Ordnung. Die Wahl des religiösen Glaubens sollte mit viel mehr Respekt behandelt und der persönlichen Entscheidung eines erwachsenen Menschen vorbehalten bleiben. Daher sollten Taufe und Eintritt in eine Religionsgemeinschaft erst nach Erreichen der Volljährigkeit erfolgen.

Aber das war nicht der einzige Grund für meinen Austritt. Ich fand den Pomp der kirchlichen Würdenträger, den Reichtum der Kirche, insbesondere der katholischen, mit der Armut in der Welt nicht vereinbar. Die Kirche lebt nicht das, was sie lehrt. Aussagen von Jesus wie: *Es ist leichter, dass ein Kamel durch ein Nadelöhr gehe, als dass ein Reicher ins Reich Gottes komme* oder *Tragt keine Geldbeutel bei euch, keine Tasche und keine Schuhe* ... sind in vielfältiger Form in der Bibel zu finden. Sie lassen an Klarheit keine Zweifel aufkommen, werden aber von der Kirche einfach ignoriert. Ich könnte noch weitere Gründe für meinen Austritt anführen. Hatte sich die katholische Kirche in ihrer zweitausendjährigen Geschichte nicht sehr schnell und intensiv mit den Reichen und Mächtigen verbündet? Waren die vorhin erwähnten Landesfürsten, die ihren Glauben mal so eben wechselten, nicht oftmals gleichzeitig weltliche und religiöse Führer? Fürst und Bischof in einer Person. Wie praktisch! Konnte man doch die gerechtfertigten Forderungen der Armen nach mehr sozialer Gerechtigkeit viel leichter abschmettern, das Volk knechten und ausbeuten. Das Neue Testament liefert wie ein Steilpass die passende Vorgabe. Heißt es doch im Römerbrief (XIII, 2f): *Denn es ist keine Obrigkeit ohne von Gott; wo aber Obrigkeit ist, die ist von Gott verordnet. Wer sich nun der Obrigkeit widersetzt, der widerstrebt Gottes Ordnung ....* Wo bleibt eigentlich die göttliche Gerechtigkeit, die so oft in der Bibel beschworen wird, im täglichen Leben? Warum gibt es Naturkatastrophen oder von Menschenhand verübte Gräueltaten wie in Auschwitz, warum grausame Krankheiten, die unschuldige Kinder und Erwachsene treffen? Die Handlungen eines gütigen Schöpfers, wie ihn die Bibel postuliert, sind ziemlich gut versteckt. Das Böse und das Leid auf dieser Welt wird von Christen mit dem von Gott gewollten freien Willen der Menschen entschuldigt. Ein Bekannter von mir, der einen Angehörigen im Konzentrationslager verloren hat, hält es für eine himmelschreiende Ungerechtigkeit, ermordet zu werden, damit einige Nazis die Gelegenheit zur Ausübung ihres freien Willens hatten. Es mag ja einen Gott geben, so überlegte ich, aber ist es der christliche Gott, ist es überhaupt ein guter Gott? Wenn der Gott des Alten Testaments fordert, dass wir das Leben unserer Kinder auf sein Geheiß hin opfern und der Gott des Neuen Testaments uns in alle Ewigkeit hin verdammt, wenn wir ihn nicht in der rechten Weise verehren, dann sind Zweifel angebracht. Liegen die vielen Millionen Menschen, die an einen völlig anderen Gott glauben, alle falsch? Sind das alles Dummköpfe? Sind diejenigen, die an keinen Gott glauben, die Atheisten, einfach nur bequem, weil sie sich nicht an unangenehme Gebote halten wollen? Wäre es nicht viel bequemer, einfach in der Kirche zu bleiben, in die man hineingeboren wurde und zu glauben, alles ist gut? Ich trat jedenfalls aus der Kirche aus und verzichtete freiwillig auf etwas, was vielen Gläubigen besonders wichtig ist, egal welchem Glauben sie angehören: auf Trost und Beistand in schweren und unsicheren Zeiten. Ich fühlte mich gar nicht als Atheist, sondern vielmehr als jemand, der offen ist für in meinen Augen vernünftige Argumente. Aus meiner Sicht wäre es herrlich, könnte man in den Naturgesetzen einen von einem fürsorglichen Schöpfer entworfenen Plan entdecken, in dem den Menschen eine Sonderrolle zukommt.

Nun, einen solchen Plan habe ich nicht finden können, aber viele Impulse für die Zukunft. Die Grundlage hierfür haben meine Eltern, meine Freunde, Bekannten und meine Umwelt in den ersten achtzehn Jahren meines Lebens gelegt. Hierfür möchte ich allen von Herzen danken. Durch ihre Liebe, Zuwendung und Kritik haben sie zu dem Fundament beigetragen, das mein späteres Leben ausmachte. Ein farbenreiches Leben mit Höhen und Tiefen, mit kleinen und größeren Abenteuern, mit Freude und Schmerz und mit viel Zuversicht in das eigene Schicksal. Ein neuer Lebensabschnitt und vielleicht ein neues Buch.

Epilog

Was der geneigte Leser bisher erfahren hat, ereignete sich vor mehr als 46 Jahren. Ich habe das, was ich von meinen Eltern weiß und was ich in meinen ersten Lebensjahren bis zum 18. Geburtstag erlebte, demnach mit einem Abstand von vielen Jahren geschrieben. Insofern war es für mich tatsächlich – wie im Vorwort bereits erwähnt – eine sehr interessante Zeitreise. Viele Details sind mir wieder bewusst geworden, an Kleinigkeiten konnte ich mich wieder erinnern, die aber oft zu nebensächlich waren, um hier erwähnt zu werden. Es ist jedenfalls interessant, das Erlebte mit großem zeitlichen Abstand zu reflektieren. Man sieht dann doch vieles anders, als man es seinerzeit gefühlt und bewertet hat.

Heute, fast ein halbes Jahrhundert später, kann ich sagen, dass es eine sehr schöne Zeit für mich war. Ebenso die Zeit danach, das Erwachsenendasein. Beide Zeitabschnitte werden allerdings übertroffen von dem Lebensabschnitt, den ich vor kurzem begonnen habe. Ich bin ein paar Jahre vorzeitig aus dem Berufsleben ausgeschieden, habe meinen Wohnsitz nach Münster verlegt, ein Haus gekauft und erneut geheiratet. Es hat über sechzig Jahre gedauert, bis ich die Liebe meines Lebens gefunden habe. Es ist die schönste Zeit meines Lebens und ich bin überzeugt, es liegen noch viele aufregende und interessante Dinge vor mir.

Übrigens kann ich nur jeden ermutigen, die eigene Vergangenheit schriftlich aufzuarbeiten. Man schreibt so etwas vielleicht weniger für andere als hauptsächlich für sich selbst, aber der persönliche Gewinn ist groß.

Namensverzeichnis

Meine Familie 1958

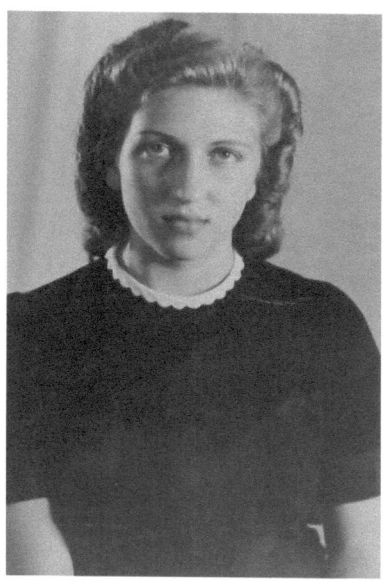

Christel Beger 1947

Kuchen- oder Weißbrotpudding.

Zutaten:	Vorbereitung:
300 g Weißbrot	Kuchen o. Weißbrot zerkleinern
Kuchenreste	Milch u. Eigelb verquirlen
3/8 l Milch	dann einweichen, Gewürze hinzu
abg. Zitronensch.	geben, Eischnee unterziehen
2-3 Eigelb	in eine eingefettete u. mit
2-3 Eßl. Zucker,	Stoßbrot ausgestreute Pud-
160 g Rosinen	dingform geben 1 Std. im Was-
20 g Mandeln	serbad kochen
20-30 g Zitronat	dazu Saft o. Weinstunke.
Eischnee.	

Hefepudding.

Zutaten:	Zubereitung:
200-225 g Mehl	...ig machen nach dem Je-
en. 3/16 l Milch	ben den Hauptteig, diesen lass-
20 g Hefe	tig abfüllen in eine eingefettete
1 Pr. Salz 1 Vanille	mit Stoßbr. ausgestreute Form
3-4 Eßl. Zucker 1 Ei	gehen lassen 1 Std. im Was-
20 g Butter 1/4 abg.	serbad kochen
Zitronensch. Rosin-	
schen Zitrone	

Großeltern Königs

Großeltern Beger

Heinz Beger 1938

Gernot Beger 1960

Mein Geburtshaus in der Enzianstraße in
Neuss-Reuschenberg um 1968